U0432355

寂寥如岸

姜耕玉 著

东南大学出版社

图书在版编目（CIP）数据

寂寥如岸 / 姜耕玉著. — 南京：东南大学出版社，2022.6

ISBN 978-7-5766-0118-3

Ⅰ. ①寂… Ⅱ. ①姜… Ⅲ. ①诗集 – 中国 – 当代 Ⅳ. ① I227

中国版本图书馆 CIP 数据核字（2022）第 086657 号

寂寥如岸
Jiliao Ru An

著　　者：姜耕玉
出版发行：东南大学出版社
地　　址：南京市四牌楼 2 号　邮编：210096　电话：025-83793330
网　　址：http：//www.seupress.com
经　　销：全国各地新华书店
印　　刷：南京玉河印刷厂
开　　本：889 mm × 1194 mm　1/32
印　　张：7.25
字　　数：190 千字
版　　次：2022 年 6 月第 1 版
印　　次：2022 年 6 月第 1 次印刷
书　　号：ISBN 978-7-5766-0118-3
定　　价：48.00 元

本社图书若有印装质量问题，请直接与营销部联系。电话：025-83791830
责任编辑：刘庆楚　责任印制：周荣虎　封面设计：姜耕玉　王磊

人类从何处获得我们关于居住和诗意本性的信息？人类从何处听到达到某物本性的呼唤？

——海德格尔

目录

第一辑　向西向西

第二辑　大漠孤独

第三辑　魅或蓝

第四辑　鞋或白日梦

附 录

第一辑

向西 向西

我和岁月冗长坠落的那一刻
落日又给孤独镀一身金光

7月22日沱沱河沉睡之夜

从沉重躯体里孵出的睡鸟
栖落沱沱河。
梦中又向大桥以北移动了几千米。

一个裸身男子的影子
孑立河源。
乌云沉默垂向大地。

远（源）水解渴。
我在荒寂中沉睡。
谁与我共享前世纪的夜色 走进忘川彼岸?

一个自尊自大的旅人
像蝙蝠坦然舒展在大地上穿行。
黑夜停留在他的羽翼

2004. 9. 19

走过昆仑山姜子牙庙

那种天地灵秀之气恍兮惚兮
峰峦之间似有神仙走动
远岫上两朵悠淡的云
像是神仙的清风袖甩出的。
不管神仙看还是不看
天总是蓝得真实
山坡上雪菊花开得纯粹而烂漫。

谁胸中块垒变成了鸽子倾巢而出
仰面大哭当歌?
从山顶吹来一股旋风
姜神仙扶住一株草
让他吸清风 饮露珠
使五内清洁 重生缠绵不尽之意
得换人形。
然后去留自己选择

然后跟师傅闯荡江湖
草晃动着天真的脸

2019.11.11

废寺

寺院门洞坍塌
红墙不再有暖意。
大殿破旧灰暗
神灵早随僧人离去
佛像金身剥落 露出黄土
神龛 灯盏 还有莲师的怒容
都挂满叮叮当当的尘埃

从屋顶漏入几缕光
黯淡中仿佛有一只手
抚摸尘埃 抚摸佛像土身
这只是幻觉。
尘土之上一片空明
我仰望着 难以靠近

2022.3.13

停车在雨夜的荒原

车灯是两只空洞的眼睛。
这一片沙湿地草色
纯正得让人震颤

天地茫茫恍惚兮
惟斜在风中的雨线
仿佛从冥冥鸿蒙中延伸而来
每一滴都带有野性却透明而柔软。
而对我们很冷漠。
我是个过客
受臻美的雨线的鞭笞 多么好!
当同车女士递来毛巾
我才感到有点冷。

2004.11.28

向西 向西

一、落日

从冈仁波齐雪峰滑下的落日
向干涸的废河岸移动
碰着一块冷漠的石头
落日抖动了一下

我停住　停住少年就开始
追逐落日的脚步。
那片高地伸展到西天

僧去寺空 古寺
颓圮的红墙 陀林
断裂的白塔 还有我疲惫的目光
都被落日磨亮。
我和岁月冗长坠落的那一刻
落日又给孤独镀一身金光

二、石头词

云霞漫天
邀石头跳入想象之中
石头无才 在荒芜中独坐。

这是一块残缺的石头
断裂之处在苍穹下袒裸
我发现伤痕原来这么锋利
碰着沙尘 也会引起瓷蓝穹顶的震颤

谁还将那颗心高高奉上
宛若一只茸翅初生的雏鸟
如今这颗心与心灵的自豪
已经沉入黑暗
谁是倾听西风呼啸的知心人？

他已到耄耋之年
走在无边界的路上。
他是灵魂迹象的发现者。
此刻痛苦弯下身子 以枯瘦的手
写下“快乐”二字 然后又抹去
砂砾土上蕨草稀疏 一株株绿得倔强

如母亲们屈身在苦难中挺着
那些傲岸了几千年的巨岩
不知何时倒下 成了一地石块
横七竖八地躺着 不知是否还活着?
西风中兀鹰传来神的怜悯

岩石最终还原于黄土。
延绵的札达土林四季一片金黄
据说是海枯石烂之后的模样
西风把每一处天空打扫得干干净净
落日又把温暖留下
等待一位异乡人

耄耋之年的旅者双目惊喜
沟壁有许多土疙瘩形似泥塑
一位位慈眉善眼的佛和菩萨
还有一个牧童扛着马鞍
像要赶在黎明之前走向天空。
这时黄土沟里恍惚有一尊巨兽歇着
或许享受着被黄土掩埋的快感

三、喜马拉雅雪峰

象泉河边的这座黄土山
成了古格王朝的废墟。
我爬上山顶惶恐不安
一旦 879 孔洞窟内
无头尸的幽灵走了出来
便无路可逃 无人求助
寺庙里诸佛在战争之前就已撤离。
两个卖票的在山下面住着。
风把我推到悬崖边
我面西而立 一举足便跌入虚无
唯有喜马拉雅雪峰在眼前闪烁

象泉河边青草起伏
我走向放牧姑娘
不知她是否古格后裔

2019.11.23—12.4

边界

——给一位行旅可可西里的女大学生

1

在离天空最近的地方
时间像童子的眼睛张开
陌生地看着七月的行旅者。
荒原放低了自己 以便
苍穹俯下身来 伸出慈爱的手
当水在黑夜的发丝上流连
岩石会将高贵的胚芽保存
乃至敲响世纪的钟声
此刻一阵骚动在沉寂的水里升起。

2

一个人在小提琴中等她
琴弦断了。
没有守卫的夜 被记忆攫取

泪滴黯淡弯曲
一股凛冽的风
吹遍灵魂暧昧的裂缝
她伸出颤抖而柔弱的手
抓着的却是城市夜晚伤痛的部位
从悬崖上落下。
飓风中船没有靠岸
惊愕即成了溜圆的石头一片
点缀着城市。
她执意清空自己
此刻一个世界的灯火消失在背后

3
荒原裸露 只有石头和水
水从雪中降落下来
岩石内部跳跃着清澈的音节。
雪灵芝飘飘欲仙 伫立石坡上
似静静等候她的摆渡人
在夜的澄澈中
众禽飞临。

黑喉雪雀使用亲近的言语
传递雪原的感应。

斑头雁从天空飞过 带来一群精灵
个个都有一双孩童般的黑眼睛
天堂的鹰收存起闪电
像个仁者在低空盘旋
喜马拉雅旱獭直立起迎客的憨态
整个大地仿佛因它而明亮敞开
大天鹅是昆仑山西王母的使者
脖颈弯曲向水 银子般的翅膀上
一边驮着黑夜 一边驮着梦幻

泥土回到脚下
草木还源于草木
灵魂回到躯体
躯体回到草木。
回到清新的河岸
让圣洁的水洗涤披散的秀发 赤裸的双足
回到水中透明的祖国
找回那颗天真软弱的心
回到属于火的太阳的爱抚之中
让受照射的一面也像野牦牛一样雪亮
回到月亮的马
找到栖身的林子与那不可接近的梦寐。

4

樱桃内部潜藏着种种不幸
泪水仍在灼灼闪光
记忆如猫头鹰的眼睛
此刻痛苦直起身子
吻遍冰冷的岩石
一道闪电划过长着钢铁般绿毛的鸟。
仿佛一种盐散发出来的力量
一股风暴腾起又坍塌
她听到内心从未有过的音乐

那个清纯稚嫩的少女向她走来
俯身在她的摇篮之上。
她肩膀裸露
如真理 付出高代价。
一只晨鸟飞起
散发它的新鲜和芬芳

2022.1.2

藏羚羊诔

天很矮 雪山很高。
一群孩童在荒原上奔跑
高唱黑夜之歌
从来不知道什么叫危险
眼睛明亮如天空星辰

神还未来得及伸出怜爱之手
一阵罪恶的子弹杀死纯真
黄昏出现一个窟窿
一颗颗星辰坠落
千万年沉寂裂开一道伤口
止不住血流 浸入黑夜
差点儿惊醒开天辟地的盘古。

你们尸骨内部有一口钟
荒原上仍回响着黑夜之歌

即使那口钟枯萎了
还会用你们长长的犄角

点燃星辰。

2019.12.15

大峡谷

立在悬崖上
我不敢低头
一低头就看到人的内心。
但被风吹到悬崖边的树已绿意盎然
语言不再跟着我颤抖

一股清醇之气 从峡谷内升起
我深深吸了一口 不觉醉了
满眼的奇花异草 仿佛生在峭壁上
又像长在骨骼上
我的任督二脉仿佛被打通
贴近任何一条血脉
都能听到谷底清泉在涌动
还不想成神仙 不得不憋住点儿呼吸

第二天回到城里第 18 层楼上

又气血瘀堵 走路一瘸一拐。

2019.11.22

冈仁波齐

一、静穆

峰顶 白色的沉静。

七月的太阳滑下了山。
古寺顶的金属塔尖
渐渐隐入黯淡的蓝
黑暗中明亮起来的河流与白牛
那是在神山的背面。
卓玛拉山口那个转动经筒的人
手背沐着一道雪亮。

四周群峰巨人般肃立
拱卫绝顶升起的眩目之光

二、行走在冈底斯山的旅人

冈底斯山敞开门

谁是陌生的人?
河谷的风吹着你也吹着我
钟声瞬间即逝在空中
一只大鸟盘旋而上
天边总露着笑容。

茫茫大地真干净。
风中只有石块
时而发出模糊的回音
雪域草木稀疏地闪灼
牦牛粗壮见天真。

冈底斯山行人矮小
巨岩成沙土。
那高高低低剥落的路
不止是一条
桥也倒塌了
惟白哗哗水流如初。
一个涉水的旅人
探步湍流中
言语全部落水
山川依然那么宁静。

这些布满大地的石头
收敛起一捆捆痛苦。
一枚橄榄高悬天地间
转山转不成转经筒
我跟着喇嘛
喇嘛跟着老外
老外跟着藏民与牛。
一位欧洲女子醉于挺拔的瀑布之下。
一位尼泊尔人仰面啜饮高寒的太阳。
整个山野成了一对男女相爱的世界。
一个光头青年把自己寄存在乱石的荒芜中。

那个涉水男子直奔卓玛拉山口
独自走向玛尼堆背后的天空
磐石上那只脚印像有一个人
独坐于无边无际的寂寥
畅饮西风 头顶是苍穹

三、灯

白色的灵塔贴近蓝天。
东山顶上月亮浑圆。
晒黑了的佛像与喇嘛

雪山雄鹰带着最初的黑色震颤
石头阳具与死亡界碑之间
仅一步之远。
人们静静地跨门槛

礁石间没有水流
也不见兽迹
空洞的城堡风的家。
荒原寂火黯淡
苍冥中那个不消失的声音
仿佛是慈母悲伤的呢喃
有时也被母狼似的乌云遮住
被狂风吹断
他们嚎笑时面目狰狞。
谁赤裸裸立于风中引吭高歌
以长发为弦?

独自流连玛尼堆。
触摸冰凉的石头
欲与牦牛头骨交谈
我却看见一副无奈的脸
经幡也无奈地飘着
前面是空　后面也是空

所有的路没有终点。只有起点

因而我默默地等待
回到初生时的哭声。
玫瑰花叮叮咄咄地响着
从一开始就这么美妙
而我居然不知道。几十年
像沙坡上樟狼草有雨无雨地绿着
向日葵叮叮咄咄地响着
我厌倦了。我的嘴唇焦灼
那高悬的孤独而刚强的水滴
像一颗寒星呈现于天上。

一片空地静谧。
一条甬道黑暗。
苍白的灵魂摇摇摆摆地拥挤到门槛。
七月的云朵挤不出泪滴。
一只白鹰倏然飞过
黑暗中谁的生命在飞翔?
夏日点燃的水边萤火点点升入天堂
大地上芸芸众生幸福安康

四、我的鞋还丢在拉曲河谷

拉曲河流抹去记忆
又使记忆鲜草般复活。
我惟一关心的是我的言语
带着童贞的震颤 带着最初太阳的光芒。
清亮滋润的草泽地
我匍匐 吮吸 我哞哞叫
我痴痴临风坐。
从峰顶落下的白色的音乐
从我的头顶飘向恒河

恒河的水位上升了。
疲软的叶子灵动而翩翩
那个修成的女体把泪弹
声音缠绵。从背后传来
又渐渐消失
只有牦牛静静地低饮
地籁之音滑过它的嘴边

谁向蓝天一展歌喉
我的伤口轻柔似云朵。

我走向拉曲河下游唱歌的姑娘
与她身后那群羊

后 记

八月，我独自漂泊西藏阿里，沿冈底斯山谷跋涉7天，抵达主峰冈仁波齐神山。我随朝圣者徒步转山。外圈56公里，山路艰险，气候多变。一路观看神山之四面，虽累却兴致勃勃。那终年被积雪覆盖的橄榄状山形，七彩圆冠似的峰顶，向阳面积雪不化，而背阴面没雪。因山势奇险，至今仍无人攀登，因而也有了神山不可接近的神秘。第二天早晨，我登上全程的最高点卓玛拉山口，海拔6 138米。东方曙光在雪峰背后缓缓移动，峰顶那一片夺目的光高高照耀，从峰顶斜射下来的光，呈现为褐色、蓝色、紫色等多种光层，渐渐成了山中淡淡的紫色的雾气。我久久立于淡紫色的静谧之中，完全被冈仁波齐这一神奇的自然宇宙征服了。

这次行旅似乎走过了一生，也是一次精神的远征和超越。回城后，每每向西遥望那一片陌生而亲近的天地，总会得到一种心理上的释放和满足，故有此篇，聊以自慰。

2004.11.7

西藏以西

天离我们这么近
伸手可触常遥望的那朵云
谁能正视处子般的白与蓝?

冈底斯山将大把的石头撒向天边。
它们卧或立 睁眼或闭眼
身系一万年寂寞
石斧刚刚被考古学家带走。

经幡闪耀在空中
踩出的路又消失了
阿里的太阳高不过雪峰。
野鸽子在低处传递消息。
当一群藏羚羊倏地过冈
整个大地都灵动起来
从高处落下的水把西藏高原敲响。

寂寞白桦林

这一片天地廖廓
远古的风按摩寂寞
独语的叶子疯长
沙沙沙 连天绿
鸟儿忘记了飞翔。

向蓝天高歌 白桦林
向河流倾斜 白桦林。
像挺拔男子握住太阳
一天过了二十年
你可曾听见——
那精脉贲张的年轮
旋转中发出焦渴的呼喊?

当最后一阵秋风吹过
每一片叶子都火焰般飘舞
通体透明 白桦林。

这点燃黑夜的最高烛火
谁能攀援？

额尔古纳河

一束光消逝于虚空
可否听到水的声音?
大地静默
谁都在她那宽厚和爱的目光之中。
光是水上禽爪之痕。

如翅翼的羽毛自由飘落
映入清静而无人知晓的水面
终于解脱 抹去年龄的界限。
关于远方 梦与终捆绑在一起。
眼睛自动关闭 目光所企及
比如天空夜的澄澈
比如河岸草色清纯
在落日的余晖里 虽然没有渔舟
也有鸬鹚立于空旷与天际之间
当我想逝去的时候

青草可以闭上我的眼睛。

2019.12.11

西去的额尔齐斯河

阿尔泰山转过身去
背脊向东
水流向西。
雪山冰川抒胸臆

一柄寒光闪闪的剑
化为道道清流飞漩
剑刃伤痕处
留下一片沉寂的湖。

像一位大侠走向遥远
披一身绿色苍茫。
走进寂寞和无人知晓的梦。
走进太阳落下的地方

留下一条舒展的飘带
携住花朵和星辰。

白的黄的欲望 红的激情
森林处处处女的眼睛。

流水神韵留给巉岩
笑影写在小花的脸
蛇鱼共处 草木同眠
西部无人家园。

神秘的额尔齐斯河
一路奔流抹去历史。
岁月无痕剑有痕
悠悠天外或漂泊极地
何必问归期?

2002.12.4

伊犁河落日的惆怅

伊犁河向西流
落日在等候

伊犁河向西要走多远？
落日一脸惆怅

伊犁河披上黑夜的面纱
一位西奔的神秘女侠

2010.9.22 中秋

第二辑

大漠孤独

札达落日似浑圆的暮钟

黄土敲响回家的钟声

敲石

在阿里荒原 一块石头
与一座山有一样的地位。
象泉河干涸的河滩上
那几块石头歪斜着
裸露丑陋
没人移动或搬走它们。

敲石斜面如斧
很钝
它在时间之上
或许它们已不再活着
仍拥有自己的天空。

风从窍隙里钻进钻出
拨响敲石 声音低沉而奇峭
仿佛从灵魂中飘出

听说南京明孝陵那些石像
常常在夜晚惊醒
竖起耳朵

荒原静寂如初。

2021.9.30，2022.1.14

歌声如风

一声藏歌苍凉而高亢
任性地越过雪山之巅
直上云端。
歌者是一位马背上的女人
仿佛是在这里等我的那个人

白云之上没有忧伤。
苍凉在大地上回荡
马背上的女人歌声如风
如鸟飞翔于大地与天空之间

2021.11.28，2022.1.5

落日里札达

遥远的札达 太阳落下的地方。
马儿止步的地方。

山脚下小镇如几粒芥子
沿河陀林和佛塔延绵无边无际的天空
荒芜的黄土在寂寞中放出光芒

僧去寺空 时间裸露真实。
佛像和土红的墙在悄然剥落中舒展
土屑里可以捡到慈悲的笑容。

废圮的佛塔开始漾荡迷幻的光影
黑夜就要降临。
札达落日似浑圆的暮钟
黄土敲响回家的钟声
那些哭着笑着蓬垢着面的魂灵

纷纷若蘑菇之云

那时在一座破旧的寺内

一位喇嘛倚住土墙打盹

一匹白马熟睡在他的身旁。

2006.7.13

寂寥如岸

大漠 寂寥的无。
我怆然涕下之后
忽觉有尤物显现
忽隐忽现 忽逝忽返
恍惚聚焦成了“一”字
竖立天地间

我不由整了整衣冠
挺直身子。

2021.12.2，2022.1.7

在公路终点

汽车翻过第 33 座山
便到了公路终点
它喘喘气又往回返
我走累了
留在终点的寂寞里。
车与路从背后退去
我不再转身。
衰老的衣裳发出哀吟
止于没有路的地方。
这里荒凉或草木如初
我的眼睛发亮
脚下仿佛又有了路

2006.7.9

丽鸲

走进墨脱的原始山林
只见一方湿漉漉的天空
树叶绿得透彻 花朵逼真。
南北相遇 阔叶与针叶相聚 *
时间停摆。一只鸟

立在楠木长有苔藓的枝杈上
眼里露着稚拙 充满天性
它应该是这片山林的精灵。
我与它相遇
恍若穿越了时空
仍无法接近。它静默时
离我更远

它一身彩色的羽毛
比所有锦绣更真实美丽
它穿梭于枝头那种自由灵性

伴随着跳跃的切切叫声
天才演员都模仿不了。
静默时与枝叶相依
枝叶闪忽着眼睛

我呆呆地等待 等待
这只叫丽鸲的鸟与我交谈
枝叶间有许多眼睛看过来

2022.1.29

* 墨脱原始森林位于低海拔河谷，生长有颇似热带雨林的绿色植物。

雨中在藏南草原

我在桥上踱步
有陌生的声音在伞顶走动
伞叶唰唰倒向低处。

浮在水面的藏南草原
声音从天上落下
还是来自水下面?

草儿绿得真实
花朵低头 有情窦未开的羞涩。
最好走进草花的心境
才会听懂那些湿漉漉的鸣叫

雨落在一片飘零的枯叶上
那个啜泣的人离我很远
有一些耐寒的蕨类植物
是大地的耳朵 神的耳朵。

不知何时 我与伞旋转起来

独舞 天地茫茫

草色清亮

2006.7.17

与鸟对弈

寂寞桥上立着一只鸟。
我不敢走近它
盯住它 站在四米之外
鸟又向我靠近了一米。
又从河谷飞来一只鸟
两只鸟亲昵着比翼而立。
我的目光被弹了回来
下起小雨 我用伞撑起一片孤独

桥下湍流无情
没留下我与鸟的影子。

纳木那尼雪峰

从冈仁波齐神山下来
看见对面那座更高的雪峰
静静地与白云相依
山腰陡峭的刃脊被太阳擦亮
只觉得有一股寒气袭来。
传说纳木那尼曾化为淑女
嫁给冈仁波齐 后来发现神另有所爱
她又还原成雪峰。

下山后看见纳木那尼
沉浸在落日的余晖里
峡谷冰崖披挂满碎金
湖面映入雪峰的倩影
身后是巴嘎尔草原。
一只栖鸟飞落湖面
我的心悠然晃动了一下

湖影里纳木那尼高冷。

2022.1.16

拉昂错

遥看似一块幽蓝的魅石
遗落在世界边缘
四周大荒如月球表面。
无风 湖面也涌动着
昼夜不停的喧哗或骚动
像从荒原内部发出。
浪花腾起或落下
沙粒们无所顾忌地磨硌着
她仍狂傲地作蓝色的舞蹈。
湖中小岛佛寺塔尖立着的白鸟
也随着波浪摇摆
唯有寺内大师静默
拱手盘腿独坐。

2022.2.3

土林幻像

如同到了西天
太阳俯下身来
佛塔林立 寺墙延绵
诸佛在场。还有
唐僧沙和尚猪八戒一行。
不见悟空 大概已返回花果山。
一幅佛陀世界的装置画
谁是推手？
土林表情尴尬
只是被金黄的微笑遮掩着

象泉河另一端那座土山
百孔千疮 失去浪漫情怀
佛国不堪回首废墟中*
只听到溪水流过历史的声音。
当杀身之祸降临时

高僧们选择逃离
十万子民的魂灵无处安放
流落异乡
尚不知有否归宿黄土

黄土穿越沧海桑田
历经海枯石烂 初心犹存。
而坚韧偏向抽象
幻显佛影。佛在心

2022.1.21

* 公元九世纪，古格王朝建都在一座土山上，宫殿 佛塔 碉堡 暗道大小有八百七十九个洞窟。这有七百年历史的佛国，最终亡于教派之间的战争，洞穴内留下无头尸遗骸。

贡萨朋措强巴岭的歌声

贡萨朋措强巴岭是一座佛寺
岭上常绿的青草比佛塔高
雪峰在远处 在高僧的眼里
瓷蓝的穹顶被诵经声擦得很干净
低垂下来的白云
如行走在山上的尼师

一朵白莲
在诵经声里往上拔着
一旦摆脱与现实的粘连
白莲便释放出歌声 含苞伸出水面
那是彼岸 凡人无法抵达。
我逗留在佛寺外面
沉浸于从岭上飘来的歌声

2012.5.25

大漠孤独

人渺小到近乎消失
唯有留下脚印
证明自己的存在。

站在生与死的门槛上。
风与我耳语
“放弃一切 接受蒸发吧”
“我没有财产 也没有爱情’
“还有观念、习惯和面具呀”
“也好，赤条条来兮赤条条去”

河流消失在沙漠。
可曾听到魔鬼在歌唱
那声音细如钩
神秘如在水源。
我惧怕 又要走近她

渴望生命空白里的河流

只有在沙上行走
循着河流自由的方向
希望就在脚下。

最让我惊栗的片刻
是与魔鬼狂欢
仿佛有一道道闪电
记不清是倒立还是飞翔
四肢如缕头如蘑菇云
硕大无比的轻
张着一对孤傲的眼睛

那是在两个世界之间。

2015.12.7

一切声音消逝在远方

大漠空旷
一切声音消逝在远方

风却在耳边不停地絮叨着
关于死亡的故事
河流消失
绿树消失
一个个城堡覆没

大漠惚恍
沙里藏金。

驼铃叮咚叮咚
河流沙中响
脚印清晰或者被掩埋
旅程已走完。

大漠苍茫
神在歌唱

罗布泊

来到阳关
处处是王维的目光
出了阳关
捧起黄沙 半个太阳
背后也是一片荒凉

一道孤烟
直立不了天地间
风沙是千年锋利的刀子
撕破人类的脸
掩埋时间与历史

大音留给晨的寂静
温柔留给夜的狂野
沙丘的墓 比金字塔漂亮
你看那一轮轮云水纹

日月纹

谁守卫大漠苍穹？

2010.9.18，2012.8.31

活着的沙漠

在罗布泊发现一位姑娘的尸体，她背着旅行包

如同一朵花
执意飘落沙漠上。
或许你在向世界宣告
罗布泊有花的存在

一朵花的悲壮
令不停嘶吼的沙粒大军
戛然而止。失去锋芒
这些被上苍放逐的物种
这些被诗人摹写痛苦的及物词
纷纷收藏
姑娘的脚印以及频临死亡的恐惧
她那大胆、坚毅或许带有阴郁的目光
仍飘忽在风中

大漠收敛古老的惆怅
楼兰姑娘不知去向何方?
沙们焦急地等待花瓣落下
等待忧郁绽开笑颜
阳光下一片柔软
一道道雪亮的弧

如果落红会发芽
万物就在沙漠里生长
而我听到花瓣落地的声音
仿佛来自遥远的星光

干净的大漠
只种植白云和明月
唯有沙漠活着
谁会把它当故乡?

2015.12.2

楼兰姑娘

楼兰国消失了
河流干涸了
谁还从深秋的胡杨林中
寻找黄褐色的披肩发姑娘?

尖毡帽 高鼻梁
眼睛大大睫毛长
下颏尖圆芙蓉脸
补破缀新短皮靴
令男人倾倒的楼兰女郎

漫漫两千年包裹在沙堆里
被太阳烤得发烫
那些疼痛的鸣叫
发自谁的内心 谁的灵魂
谁又唱起楼兰姑娘

她蒙着花盖不知去何方?

死海一般的沙漠
只有头顶一片瓦蓝
从哪儿飘来胡麻碎枝的芳香*
我跪向低矮的苍穹
怎不见楼兰姑娘的真容?

2010.9.16　2013.11.16

* 罗布人在宗教祭礼中用胡麻碎枝，以祈灵魂安然升天。

快活的罗布人

罗布人泛木舟河上打鱼
晚上回到小木屋
靠着粗糙的原木
像挨着兄弟一样

罗布人用红柳串烤
那些烧焦的鱼
像顽皮的孩子
嬉笑着走进他们的口腔

罗布人离不开酒和女人
酒撑开鱼的的图腾
两性的图纹
是他们最早的木制摹仿品
现在仍高悬在罗布人村寨

罗布人不知道汉唐

只有塔里木河知道他们

那个快活地跳起狮子舞的新郎

是鬇鬇白须的百岁老人

2010.9.17

克鲁伦河

从雪山滚下的明珠
遗落在太阳落下的地方

你与荒凉的星辰对视
我听到浑圆的野性呼唤
悠长成无边无际的草浪
星辰也忍不住发出鸣叫
大草原处处是你的光芒

雪山的女儿任性地舞蹈
千旋百回似中国狂草
鹰隼眼里的一道亮光
我走近你 像追赶梦母
越入自由飞翔的天堂

你翩翩而来又飘然而去

山林花鸟知道你居留的地方
天空 从你寂寞的眼睛里廓开
整个世界像一颗露珠
挂在你青草的发髻上

李娜余韵

一曲《青藏高原》
花落知多少?
心归草原茫茫
风吹草低见几千年的痛
牛羊赶墟去了。
歌漂克鲁伦河
每一个音符都洗干净了。
然后从容出家
住在湘西高坡上
为大地多绿色祈祷。

出俗还俗　诵经唱歌
如在一道门槛之间
隔不断心灵的流韵袅袅。
你的声音带着黑夜的震颤
隐隐地从彼岸传来

不绝如缕 有鲜花日月萦绕

一次梦中 我读老子
我与你一起读“大音希声”
你默言静坐
我却听到一种至美之音
惊世骇俗之后落叶萧萧……

尘世之外

记不清具体时间 我一抬头
看见有一株枯木
然而时值夏至
众木喧哗 然后沉浸于绿叶对根的诉说
百花争艳 欢笑或流泪各有来历
罂粟花像女皇 放肆地挠弄血红的欲望
都在你背后。
正面太阳直射下来
你无依无挂 傻站着
我已溜走 留下
外套和你叠合在一起
被钉在烈日的十字架上

只有夜晚 我才见你
窗前月下 你像一位来访的故人
你悠悠然 仿佛置身

尘世之外 一只鹧鸪

却应着你那伤痛隐隐在叫

你静默 仿佛一切

尽在不言中。月光悄悄地移动

让你与枝繁叶茂的那段时光重逢

骤然间 大风起

抹去记忆和鸟儿依恋的鸣叫。

你是搅局高手 像一位巫师

我们不欢而散

睡梦里 我恍惚觉得有个人

守在身边。当我伸出手去

空无一物 却听到诡怪而美妙的声音

恍若灵魂出窍 一具骷髅

立在三步之外。

我在惊骇之前还舒展了一下

这种感觉至今也没找出原因

2019.11.4

西高原即景·天堂

这里天很蓝
草很绿
牛们很快活。
连哞哞哞的叫声
也轻松得像错落有致的云朵

终于卸掉重负步入天堂了么
这里牛很多
人很少
天地很大
人很小

天山峡谷的陡坡上有一只吃草的羊

羊只顾低头吃草
独享无污染野蔬
忘了足下险情。
羊吃饱了伸伸腰
泰然蹲在危崖上
仰望蓝悠悠的天
似不在乎足下险情。
羊很瘦很轻
生命似挂在草叶上
峡谷里溢出清醇的气流
漫过陡坡和羊
但飘不过积雪的山冈

渔翁

——观古画

月落之后 渔舟与水面变得模糊。
收桨像鸟翅拢起
人与木舟也变得模糊。
我成了江上渔翁
不做垂钓的姿势
随意如阿弥佛抱桨独坐
醒与睡也变得模糊。

风未起 让水安静留住黑夜
使耳朵抵达最远的地方
我曾多次试图前往
但总是在光亮与噪音之间
寻找捷径。今夜心系野水
与唐宋仅在咫尺之间

舟泊浅水不系缆 倚柳坐睡。
耳朵这个夜猫子
戏弄唐朝一颗清亮的水珠
一不小心水珠滑脱
坠落的距离比星辰到地面还远。
梦与草木虫鱼一道漂游
有一种声音隐约飘忽
离梦离唐宋都很远

露水在夜色里依稀升起
一如寡淡的欲望
仿佛木舟晃动了一下
似有什么落在地板上。

2021.5.5

观禅画四帖

潇湘

水墨含着微笑
抹去湘水之愁容
渔网无始无终拉成圆弧
石头被磨得柔润
仿佛自我遮蔽的存在物都被照亮。

寺庙的钟从未敲响过。
菩提树上两只鸟
一只守护天真
一只守护宁静

猿

你那双纯种的黑眼睛
从森林深处凝视什么？

露出惊惧的眼神
仿佛窥破人类的内心

我生性愚钝 至今没弄明白
法常给予的启悟
只觉得猿一直在逼视我

渔村夕照

一纸烟岚。
雨后霁光仿佛从大师的手指间漏出
那两道斜上的白光无止境伸展
至远峰深处。禅机泄露
也就在云烟开裂的一刹那之间

夕阳返照 必有茅舍和归棹渔舟出现
但渔村虚幻若点
一切如云烟。冥蒙中只见那片天光

雪

木石收起欲望和冲动

水返归雪。
王摩诘独坐
虚静。村溪 篱落 台榭 房舍
还有鸟鸣 都离开物的世界

一轮圆月挂空山。
只留下山涧那只鸟
偶尔代雪发声

2021.5.8—24

墓地上空

——读［俄］列维坦油画

有没有乌鸦啼叫
墓地都一样空寂。
唯有草木青青
点缀这个世界。

墓地上空聚集凝重的云块
如一张张锁着的脸
被风不停地驱散。
只留下阴沉的色调
画家尚未走出柴可夫斯基的《悲怆》。

远处云层里透射出光亮
那是河流
波浪不惊 从墓地流过。
河岸的教堂和低矮的十字架
在缓缓流动的水域中隐去

在远方

在乌云低垂的天际

河流携着山脉与鸟的歌唱

静静地 从此岸到彼岸

2019.7.21

冰上舞者

——观日本羽生结弦自由滑*

音符在冰上滑动
翩翩舞姿与内心一样不可复制
青春和优雅在冰上绽放
宇宙间一束绚烂的光。
最是那直立着身体旋转
一只脚支撑未知与梦
我避开看你悬起的一只脚。
你跌倒后却很淡定
看见你跪下深情亲吻冰面
我眼眶湿了。

2022.2.12

* 羽生结弦在北京冬奥会上挑战阿克塞尔四周跳，这个跳跃动作，是舞者向前起跳向后落冰，选手需要在空中旋转四周半。

永远的雪山

1

雪峰在上
众山仰望

城市喧嚣逝去
雪山在地球的额头闪光

2

雪山伸长手臂
拯救了蛮荒
草绿 鸟鸣 河流
人类居住村庄。

雪峰纯粹如刃
闪灼寒光
时间冻结在寂寞中
转瞬一万年迹象。

晶莹世界冷美人
谁能将她洁白的臂膀弄脏？

3

一朵雪莲测出静穆的深度。
日月照耀是雪的光芒。
一只山鹰折了回来
暮色苍茫

当城市污水泛滥
村庄坐上马车流浪。
那里有雪山泉流
便有羊群和牧人歌唱

水从雪山找回了自己
岩石裸露着忧伤

4

谁在荒漠上行走
蓬头垢面身伛偻
从哪里来 向哪里去
眼中有对雪山的渴望？

烧焦的石头如萤火
夜空恒大空旷。
河流枯竭成船状
风在千年沉寂中徜徉

乌云悬置半空
孙行者的扇子失去了力量。

5

我是废墟开拓者
畅饮西风苍凉。
我捡到一片头盖骨
谁能把他敲响?

荒原突兀真实
人类有些什么被遗弃在草莽？
野马们长啸或奔腾
黑的白的金黄的鬃毛如旗帜飘扬

牧笛传来大草原气息
雪山在远方

6

朝觐雪山

谁能接近雪山?

城市喧嚣逝去

雪山在地球的额头闪光。

2002.10.29

第三辑

魅或蓝

水和草色回到原初
明灯在低处照耀
神守护一沙一花的秘密

阴影

树木挺拔尊严地立着比高山更真实
阳光洒入林子落得一地冷冷碎阴
比黑夜更鬼魅。

风从枝叶缝隙里钻进来
很快被大森林管制。
我怀疑自己被挡在外面
进来的我受到空气透明的袭击和包围
失去知觉 仿佛成了没有尘埃的
大叶子草 被影子拉住

这时阴影纷纷围拢过来
摆弄舞姿 踩着花步横斜地摇晃
林子里很静 我听到细足着地的声音
叶片碰着叶片 会意的笑发自毛孔
影子拥抱影子 没有亲疏贵贱之分。
大森林里阴影聚会没人干预

即使有阳光从树干上滑下来
微弱地挥挥手就走了。

青苔石上是另一种阴影
它静静地长眠 没人打搅。
那朵伸向半空的紫色喇叭花
多像我那早逝妹妹的幽魂
我不能喊 一喊出声整个林子就会摇晃

阴影不停地顺着树干下沉
我要推开一块巨石
不让它压着阴影
巨石却裹挟着阴影继续下沉
有一种神秘的力量 诱惑我走向深渊
只能靠听 潜入黑暗世界
一些哀怨诡谲 我不全懂
一些面目似曾相识 却沉默不语。
真正诱人的声音很陌生也很模糊
可能在黑暗的那头 但黑暗很难穿越
据说阴影知道有个路口
我闭嘴 转身离开阴影。

2019.11.19

敖鲁古雅

走进大兴安岭深处
看见敖鲁古雅
我浮躁的耳目静了下来

天地静默
没有文字与路
鄂温克人居住的撮罗子
兽皮裸露。
树木往横里生长
洒脱自由了上千年
每一片枝叶仍挂着稚拙的微笑。
一声声鸟语
诉不尽朦胧的欣悦
那石溪的野菊花
弄着日月盘旋。
天空的蓝

落在女人的头巾。
猎犬咬个不停
在它眼里山巅挺拔的林梢
擦着天空

静静的贝尔茨密林
河流雪亮
忽见飘来白桦舟
舟上无人。
我惊喜 举步却成了幻影。

2018.8.12

女人吹起鹿哨

鸟越过鸟的歌唱遁去。
有一种叫天性的鹿哨
女人吹起
那有一对滴溜圆黑眸子的公鹿
像从天而降的神童
玛丽娅携他走进
黑暗里赤裸的大地。

像来自敖鲁古雅河谷
曾经是一条鱼的标记
你以性感的双唇杀掉历史。
还原一颗樱桃的真相
让魅力四射
尽管内部不幸是注定的。
你在月亮下脱光衣服
只留下蓝莹莹的未璞耳环

那是地母留下的信物
让男人们学会倾听。

伟大的女王率百兽起舞
这时风起林梢 满山摇摆
敖鲁古雅渐近渐远

2019.7.15 改成

鄂温克人第一张照片

一步跨入人民公社
照一张集体合影
部落里老幼一脸新奇
黑娃见镜头害怕得哭了。
摄影师叫大家笑一笑
让脸上洒满阳光
当他咔嚓一下按钮时
前排居中的长老一声咳嗽
皱纹间的笑统统掉落
老脸成了古化石模样
黑娃也已跑出画面
倚住撮罗子朝这儿看哩。

2018.8.17

西藏是神秘的姑娘

鲜艳如火的红裙子
尽在荒漠里走动
雪山是祖传的遗产
经幡是心里的白云
赞歌唱近了苍穹。
我迷恋　来到拉萨
你飘然隐入寺院中
我靠着暖暖的黄土墙
仰望大佛寺背后蓝蓝的天空

魅或蓝

（长诗）

一、黑鸟的叫声来自荒丘背后

1

雪峰 最早升起的光明

那时嘴巴还是泥塑的

试说着未知的世界

水 不停地从山顶落下

与岩石撞击着创世的灵感

一株株草木披挂着水珠和泪珠

目送她们远去

不知神是否看见有时间之泪滴落?

一万年了

冈仁波齐静穆如初

一只黑鸟

从岩石上跌入水流的方向

它叫了一声就不见踪影

只有藏人听懂它的语言

2

圣湖天生丽质

水 从岩石流到岩石

和虫鱼同唱 和枯草同眠

如果大音在宁静中

它也会被一粒沙子击破

茫茫湖面日色朦胧

恍惚有神女飘渺于水天之间

八月的风中尽是她那爱怜的目光

用圣水洗面不必把脸贴近水面

因为心中有佛

水不必漫过手臂 水滴就是荒漠甘泉

我说不清是什么力量

让我安详得似一株水草

轻轻随波摇曳

一旦失去神性和灵气的笼罩

人又成了立于阳光里的蜡像

一群群游人已习惯太阳的烤晒

抹不掉脸上一样的笑容
谁还有当年跳忠字舞的真诚

个个欲洗去污垢和烦恼
个个也只是笑看
夙愿随肥皂泡飘浮在水面
自驾游小伙索性下湖洗个痛快
然后畅饮 扔下的
啤酒瓶乱七八糟地躺在湖边

我惭愧 丧失了
少年对西天瑶池的想象力

3

荒丘里只有岩石没有水
一条沙路在小山之间绕行
荒丘里不长草也没有虫鸟
只有枯干的雷没有雨
寂寞都被蒸发了
千年藏险从干裂中露出脸来

而我梦里黑鸟的叫声
来自荒丘背后

纳木那尼把阳光吸走了
鬼湖拉昂错显现真容
一幅巫山云雨般的写意画

凡是被美丽阴影罩住的
必定是才女
终日以泪洗面 因而湖水是咸的
因而无风也起三尺浪

蓝一片白一片绿一片
千百双白翅舒展绫袖
蔚蓝的渴望布满天空
她身后涌动的云彩向两边散开

此时此刻 我身不由己
随同水波和白鸟一起摇摆
只觉得几十年的郁结抖落掉了
我惊奇到了神的故乡

一道不改初衷的水
荒芜是她的城堡
宁静或蓝

停留在小岛寺庙的金色塔尖

二、现在如面对另一世界

1

在寻找一块空地之前
让雅鲁藏布江抹去记忆
但如船靠岸 抓着异乡的树
体验最初的天真和惊喜
一只脚仍留在船上

林子里有岩石有水
清泉石上流 没有唐代雅韵
来自亘古的草木峥嵘之音
整个低谷万物安静

阳光顺着草叶滑下来
凸现世界始初逼真的绿
我色弱的眼睛都被治愈了
低谷里花苞开得很慢也很野
原来花朵奇香无比
让我陶醉不想归

其实这里人是多余的
我看花 而每朵花都没有看我

谁是藏在林中的那个人?
我望着黄色花朵绽放的时候
总有一个人在盯着我
我触摸润滑的叶片
手又被弹了回来
我假装抚慰野玫瑰而嗅奇香
花朵顿然闪失
只剩下一堆枯叶与刺

谁让花木张开眼睑
抬起头来观察我?

原始低谷 我难以接近

2

那些年剪裁机喧嚣着
图纸把大地蒸发殆尽
太阳直射的红外线下
我也成了一块熨伤的土
内心的隐秘和黑暗 如落叶纷纷

有刀剪划过的亮弧

人类看不到物种自身的眼泪
只管向秋叶宣泄哀愁
让落花负载幽怨四处飘零
树是孤单的 没有属于它自己的鸟群
被砍伐的树 血流干才死去
脚下的土地很薄
种粒感到像在玻璃球中滚动

谁用黑夜的眼睛
寻觅可怕的一面和泥土里的一点灵魂
魔鬼的哀吟渐远渐近
掀起黑绸似的波浪
两个黑色蒙面人在废园里出现
埋下十六颗黑色的种子
当四只燕子带回春天
黑色种子犹在冬天
在废园的内部发芽

3

万物归位 各有冠冕
江河奔流向前

水和草色回到原初
明灯在低处照耀
神守护一沙一花的秘密

我开始懂得藏雪鸟的呢喃
冷杉树不停的沙沙声响
以及它们八月的言语
逼真的绿叶离我很远
只是触及时间的手指
野玫瑰成为一堆枯叶和刺
是因为我碰着镜子背面

现在我如面对另一世界
唯一担心的是我的语言
这些原始物种探出孩童般的脸
但神仙大佛也是这副面容
枝叶摇晃一下都令我惊悚

雅鲁藏布江执意留住原始低谷
大拐弯跌落的姿势很惊险
神祇给了它回天之力
白云朵朵滞留在上空
遮覆原始的沉静与安详的睡眠

突出天地间粗犷清澈的声音
时间和峡谷的风凭借可靠的听力
推送雅鲁藏布江古老的誓言

三、仰望峰巅之静默

1
石块坐在寂寞里
年月无法考证
稀疏的蕨类草很矮
苍穹俯下身来
世界开始就为木石而存在
人类最早依赖木石而直立
因而草儿可与上苍通灵
因而石头能言　大地的灯火

藏人的祈祷磨光石块的一面
显露大佛的慈容
另外尘封的两面依然丑陋
沉埋在原始沙土里
孔隙间传出天籁之音

一位女孩向玛尼堆奉上一颗白石
老人手持转经筒念着唔唵嘛尼叭咪哞
我看不见她们所期盼的来世净土
只见玛尼堆与雪峰相连绵
群峰之巅一片光明

岩石将花蕊保存在刻有经文的背面
经文生出一座塔或一座旋梯
花朵虔诚地向顶端盘桓
纷纷撒落光的花瓣
我只感到在金刚石与绿叶之间
女孩的眼神已经抵达秋天

一声高亢的苍凉之音
扩开圣山静寂的天空
我追逐唱藏歌的姑娘
却听到风中有金属的声音
有女人在铁的锋刃上走动
用痛苦和希望雕刻自己的灵魂
姑娘的歌声越过我的头顶
忧伤已飘向纳木那尼的湖泊

白牦牛垂首 像圣山的封神
愚拙的精神卫士 弯弯的犄角
贴着水草已几个世纪
预示大地和平

2

我把额头投入圣山的水
水滴在皮肤上转动
找不到进口 我是个不开窍的人
又回到行囊空空的路上

世界上只有两条路
我从第三条路上探出头来
你在石板上徘徊
压迫着我的睡眠
而北风以更高的音调演讲

你拄着拐杖 磨损石头的花蕊
登上空中悬梯拥抱世界
对着镜子放声歌唱
黑夜里小舟则落入峡谷
如坠入锯齿形的暗礁

露珠 早早把透明的信件挂在树梢
等候太阳来检验
人们在太阳雨下奔跑
如行走的玻璃瓶
在钟声和阴影下面
有我和许多旁观者

只要向右三步 就有深不可测的矿源
那是我在岩石中触摸到的
或是在一次偷吻所释放的闪电中感受到的
但我不敢说出口
把鱼晒干悬挂起来
从此失窃大海的秘密
灵魂被掏走神秘的花蕊
一个走近坟墓的未定型人

3

玛尼堆路口有三条路
飘扬的经幡指向九个方向
白牦牛头高高在上
它的犄角又弯又长
两扇庙门 一个喇嘛
三个牧人走在三条路上

我问路

没有人问我从哪里来

也不问我到哪里去

喇嘛手转经筒朝我微笑

我看到三个牧人也朝我微笑

唯有牦牛犄角和玛尼石在风中发出声音

高坡上飘来松脂味

藏人以积善为本 祈盼来世

我亲眼看见鹰像个天使

在众生期待的目光里腾入云端

老人说鹰携魂魄 升入天堂

生灵像一颗玉米自我完善

完整的生命尊严长出华贵的长须

人啊 却只知道剥落

扭曲骨节 一口在它内部枯死的钟

你的手没有地方安放

我的手如一只囚禁的鸟

一股寒风吹入灵魂的暧昧和裂缝

慈悲的大佛为我超度

我双手合十 一只手却不忘

要去抚摸那皱折的衣领

必须像落井者上来后
带着一捧神秘的泉水和被淹没了的真实

4
夕阳下佛塔被金光层层包裹
我和樟树一样立着
还是远衬着那座佛寺
在西藏不管你走到哪里
总是要做佛寺的陪衬
佛寺由此而显得伟大而神秘
神有时也只抓住一张张脸
一个个匆匆而过的面具
一枚枚空心的金指环

把目标锁定在山顶
沿着大地的阶梯攀登
可是到了山顶与岩石碰壁
童年向往的那个腾云驾雾的故事
早已枯萎 一个个空洞的梦也已凋谢
现在唯一想仰望的是山巅的静默
与从静默中飘出的那朵云

清晨登上卓玛拉山口
只感到人如一芥子
高声呼喊一出口就被抛入峡谷
化为紫色的雾霭

冈仁波齐橄榄状冠顶压住太阳
不动神色 岩石与雪
酝酿着巨大的白色静默
我颤抖着 雷声在远方
大佛寺内此刻念经超度
我面对群峰之巅跪下来

那峰巅白色静默之上
是空空的蓝 蓝蓝的空

四、天上草原留住河流

远离佛寺和岩石
藏南草原浮在水上
我也成了长着两只脚的云
向青草扩张着自己的身体
旧雨伞遮住自己的面孔

水滴在焦渴的嘴唇之上

河流 鲜花 绿草萋萋
风吹绿浪追逐着河流
河流不息 而草色渐深渐枯黄
恍若转瞬之间 我悲叹
仿佛成了一株逝去的草
但天堂青草不老 草色常新

天上草原留住河流
草叶以赞美诗的语言重复诉说
一个四季常青的故事
鸟在这里是多余的
而鸟认为人在这里是多余的
那只黑鸟与我对弈了5分钟
直到喜马拉雅雪峰的轮廓模糊
黑鸟的影子也变得模糊
我伸手触及到草原上的水气
比夜色还软

渐亮的灰色云块向两边分开
天幕上恍若映现神祇拈花微笑
赐予大地一片光明

这时河流雪亮
我分不清是天光照耀河流
还是草原升天

一花一天国
一水一世界
那些留在草尖花瓣上的水珠
安静地朝着八个方向
折射清纯脆亮之光

我不敢走近
怕碰落水珠会使草原摇晃
我在草原的边缘倾听
寂静磨钝了黑鸟的叫声
唯有水珠围绕着水珠转动
大地才不会倾斜

人与草木一样是水长成的
却不停地还原为泪

南海外有鲛人
其眼能泣珠
花木美人的泪

何以纯粹 何以成珠
这清明世界的前身前世
可否是一部聊斋?
我怕成为不被所爱的第三者
讲述草木鬼狐的故事的人
是天边坐在石头上的那位长老

一条河流延绵不尽
在草原之外 在生命之上
清亮的水珠 天使的眼睛
像星空一样在我的头顶闪灼
灵魂这一古老的教堂
有时成了风的家 被吹灭了蜡烛
魔鬼大摇大摆地走了进来
水珠是那么脆弱
魔鬼总是歌吟美的破灭
我在草原边缘恍若立于两界之间

忧郁在发光 一颗清亮的水珠
在黑暗的峡谷之上
当我无助地翻身跌落
沉沦或挣扎于深渊
那颗高悬于峡谷之上的孤独而刚强的水珠呵

五、空空的蓝　蓝蓝的空

1

绿色消失在河流的尽头
我枯色的足音回响在荒原

这里没有水和岩石
只有一万年以前的黄土
干涸的河道 废圮的佛寺佛塔
一切色彩都剥落了
露出黄土暖暖的本相
风也疲惫地慢下来
仿佛回到了家 温情地
吻着另一个我的死魂

死神邀请过我许多次
每一次形式都不一样
我没有在泥泞小路的艰难跋涉中
熄了灯 也没有在高高叠起的巨浪中
沉没 却抵御不住虚假的诱惑
但一切虚假的死亡和复活

没有泥土。一张被石头磨光了的面孔
怎么也不能信任的两片嘴唇

在我谦卑的小屋里
没有石头没有火 只有沉默
孤独地一遍遍地辗转反侧
等待夜的澄澈

也选择过逃离 那是在梦中
我一丝不挂逃出地球
如肉驼在空中俯视大地
看见母亲焦灼的眼睛挂在树梢
我知道树下面有父亲的幽灵
梦 几分钟就凋零
而阴影如父亲的土地上的坟墓

当黏土颜色的手脚回到黏土
一切都已崩毁之后
古格王朝八百年历史只剩下一座空山
数百个坚硬的砂岩洞穴
承载覆没前都城的所有一切与几千年沉默
我亲吻这个古老的崖壁

2

这里我独自面对荒芜
随意漫步 不必瞻前顾后
这里没有人和社会
可以抱住黄土放声痛哭
可以和云朵一起遨游天外
或沉睡不醒 让灵魂荒凉

回到久远的黄土之前
要抖落干净脚上被污染的粘土
让灵魂荒凉之前
要拆除金属支架
当萎缩的根球伸进黄土之前
要召回另一个我的死魂

札达落日似浑圆的暮钟
黄土敲响回家的钟声
那些哭着笑着蓬垢着面的魂灵
纷纷若蘑菇之云
那落在后面戴有眼镜的一朵
风领着他慢慢向我走来

两个我在札达高原相逢

紧紧抱在一起放声哭泣
那时我面西而坐
如坐在老家的土炕上
而整个家族空无一人

而我看见在遥远的东方
父亲正跪向这片亘古的黄土
他不敢抬头 仍匍匐在自己的土地
我还看见寥廓中黄土先祖的拙相真容
那时天地有大美而不言
我还看到有大鸟呼啸而过
恍惚是庄子骑着鲲鹏逍遥游

那时我的灵魂落地
人体如羽毛飘浮在半空
我惊奇大鸟过时天地混沌而又清澈

3

那个复活了的灵魂
正喊叫着要附身于我的摇篮之上
他看到白云叫水 朝着太阳喊火
想到喜马拉雅的宁静中去
那里有岩石和水

可是找不到通向云端的隘口

从荒芜到空旷
空旷中我渺小 也最完整
我有了婴儿一样的 305 块骨头
内陆高旋 布满神秘的星座
我不能全部认识自己 任其星座照耀
感觉轻松 自由自在
恍惚走在时间之上

2016.9.28 初稿，12.26 改毕

躬行者

苍穹矮下来
让虔诚的人们登上通天之路。
你一路躬行 一脸沧桑
多像西西弗斯推石上山
突然乌云密布
从雷电的开裂中跑出一群黄狗
天葬台肃穆 它们站住
等待暴雨一起俯冲下来
你遇见危险习惯绕道走
但左面悬崖似一排怒目金刚
右面尺咫便是深渊
这时抖音应该是从你体内发出。
其实黄狗一直站着
或已接到神的诏令。
刚发生过的一切

只有坡上芨芨草看见
它不会说出你的秘密

2019.11.8

我站在世界屋脊看见了庄子

时间随地表隆起
飘落成无数小石块
沉寂一万年。
九万里罡风清如水
从眼睑和手指间滑落
我抚摩这一片铮亮的天空。
莽莽中有大鸟遨游
拍击着涌向天边
我恍惚看见古圣人庄子
背似山 拍翼似垂天云
悠悠然哼着歌呼啸而过
这时大地和平。
惟大牦牛临风垂首
大佛露着憨厚的笑容

2006.2.19

冈底斯山的獭

车过冈底斯山沙坡
几次看见獭窜一下溜了
司机巴桑说獭不好意思见人
它一年只活三个月 九个月死了
我说九个月是穴居冬眠吧
“赖活着 不如说死了”
不知谁说“真是稀罕 实心眼”
这时又有一只獭从车前倏忽躲闪
我的眼皮有点跳动

2006.7.19

走在圣山上

唱藏歌的姑娘
脸蛋像雪山的太阳
她手捧转经筒
眼神默默闪灼光芒

我向她问路
她向我挥挥手
我说“扎西德勒”
她淡然一笑点点头

她离我远去
而歌声留在我的头顶
仍在雪域的锋刃上走动
残红无痕云外收

后来梦里又见她
远远地为我唱一支歌

我欲追时她又消失了

惟有雅鲁藏布江清清流

2006.2.21

寺院外有一片野蔷薇

古寺外 红墙下
有一片野蔷薇不开花
惟枝条青青长长
故惹出家人
似牵衣待话

小和尚不敢低头
老和尚提起袈裟
不敢回首残阳里
那束尘封了三十年的米黄花

2005.12.21

六世达赖是爱情诗人

布达拉宫里没有灵塔的达赖
三十四座大殿中只有一座塑像的达赖
他是有一本诗集的爱情诗人
玫瑰色的梦匍匐在寺檐

这位叫仓央嘉措的六世达赖
长在经堂的耳朵听拉萨河唱歌
高过众僧的喇嘛帽像抽穗的芦花
达赖在东山顶的月亮中变软
溜出宫是浪子唐桑旺波
情人的面容浮现在心上*
诗行留在雪地上

诗人注定从布达拉宫消失
藏民喜爱游方僧式的达赖
那只掩在袈裟袖口里的鸟
终见天空 机灵地立在拐杖上

一个隐秘的声音
在大草原上空酸酸甜甜地回荡

2005.12.15

***《仓央嘉措情歌集》（王沂暖译）**

一

从那东方山顶，
升起皎洁的月亮。
未嫁少女的面容，
时时浮现我心上。

五十三

夜里去会情人，
早晨落了雪了；
保不保密都一样，
脚印已留在雪上。

魔鬼城的嚎叫

大漠晚风起
“魔鬼”们颤栗栗
仿佛冤魂一群群
不屈成顽石而傀姿立
七窍临风 卷动荒野骇人气
似哭似笑似狼嗥
如笙如埙如鸣镝
一声声狂嚎一声声冷冽
一声声苍白一声声漆黑
饮泪于粗野
泣血于尖厉
肆虐中有快感
孤寂里藏霹雳
八百里大荒走魔鬼

八百种不幸唱大戏

命名魔鬼城

当属大手笔

2002.11.9

勐卧佛寺塔

这般虚空而光滑
无数跳跃的水珠与光
谁端坐清风
塔边那棵树
叶片在风中摇响

阳光在塔内盘旋
但照亮不了黑暗
那隐约传出的钟声
仿佛来自深渊
而卧佛寺一片静寂
那口钟仍悬挂着
结满了蛛网

1992.5.15

第四辑

鞋或白日梦

床边搁着磨损了的鞋
那黑洞洞的敞口里似有回响
鞋仍在暮色的田埂上行走

8月2日在巴嘎林地的白日梦

目光碰着岩石 变得迟钝
随我返回山林。
山林所有枝叶舒卷着世纪前的绿色
目光咔嚓一下亮了
这时草木与我并肩。

午后一个人坐在林间小憩。
耳朵犹在潜听
向我传递原始寂静的模糊信息
鼻子把五脏六腑泡入天然氧吧后
又去吻绿叶花香 不醉不归。

瞌睡中脑袋恍惚
竹节草似牵衣招呼
然后走进我的身体。
隐隐觉得体内有枝叶油然伸展

仿佛血管成了枝茎
回响高山泉流之音
我不再存在或是重生
醒来时不知是梦中成了竹节草
还是竹节草做梦变成了我？

2019.12.9

隐士

古人隐居山中
也成了一道峰。
或者说山峰是隐士
很早就独立于苍穹

山腰有烟霞萦绕
众生中我最高
峰顶有白雪的帽子
白云环绕着仰望

向阳坡上停着秋天
寒风伴我转向背阴的地方。
岩石冷漠地裸露着
曾碰碎晶莹的月亮

得山川万物之灵
我才这般血气涌动 长生不老

我有鸟兽的耳
把山泉野水拉近拉长
我有童子的眼
收拢林梢的曙色。
我用铁石深呼吸
打开秘密通道
那是前世纪的河床

我在天地间打坐
一个节制到无比安详的姿势
时间停滞在苔石上。
谁要是动我一下
世界就会失去平静

2015.12.15

大地的赐予

蓝天白云 星星月亮落入水底
如果没有风雨来袭
昼夜很明澈。
草地招徕昆虫鸟兽 乃至
诗意的眼睛。
草木并不在意 只管自己绿着
或傻绿给昆虫鸟兽看

人同鸟兽　逐水草而居。
游牧人坐在马背上歌唱
五月的青草追着蹄印疯长
从圣山落下的水
绕过牧场　流向远方
红嘴蓝鹊在清澈的河上鸣叫
家园春色三分
二分草木一分流水。

2021.7.14

孤雁枯苇

晚空中一只落单的雁
盘旋在芦苇丛上方
时而发出一声哀鸣
渔人抬头看了看
天色已暗 撑船往回走。
那些枯枝败叶的苇丛
芦花仰着头
不会向雁吐露什么
晚风传递它的暖意
只听到扑棱一声
孤雁随夜幕一道降临

2020.1.11

壶

陶壶搁置
肉眼只见壶面那束梅花
似有附庸风雅之意。
壶内虚空
一片黑暗。
当壶注入水或酒
黑暗被日月照亮
泉流叮咚
在雨露与岩石之间
果木、禾苗挂满恩惠的水珠
壶 栖留着天空与大地。
倾倒 一个馈赠的词。
给予与接受
在同一瞬间
当嘴唇吮吸时 一阵颤动

闪电般穿过陶铸之火
直达泥土

2021.7.13

坡

坡 无形的
始终伴随我
这搬不开的石头。
世界与我一道变老。
梦中脚步不住往下滑
伸出一只手求救于树
却抓了个空
那枝叶烂漫而生的词：
鲜嫩欲滴。此刻
与风一道映现
石头犹震惊 不知它是否疼痛？
猫带着分裂的脸 半黑半枯黄
总像是隐匿在身后。
猫眼贴向幻觉和闪光
但它不懂“浓缩”
那惊惧而耀眼的一瞬

谁能抓住？
手指沉默。
在痛苦找到啜泣之前
如有石头磨蹭骨骼
慢慢消耗着自己
人弯曲了。

2021.7.10

言不尽意

词语如鱼
总避不开许多网。
游向大海 是鱼蓝色的梦

据说佛陀交流不用词语
手里拿着一枝花示众人
弟子见花会意一笑
两颗心灵便合二而一。
亦如我竖起一只指头
而你一笑
我们之间也有了禅意的传递
其实花或指头也是一个

词
只是词被悬置。
花枝微笑 指头沉默

则直通内心
有一种境界叫悟空
鱼很难抵达
实相无相
道破即不真实。

2021.6.15

种子

父亲把选留的种子晒了又晒
捧在掌心像捧着娃娃一样
种子口袋立在神龛下一个冬天。
春天镜面般的水田映照父亲虔诚的脸
他仿佛把种子撒向天空
种子们却如放归故土的鸟
振一下翅膀隐去　振一下翅膀再出现
一粒粒种子则变成一个个珍藏的词。
我喜欢秋天看父亲扬场
端起一木锨稻谷如撒网一样洒向半空
瘪壳或虚假被风带走 留下憨实的纯种们
翩翩作金黄的舞蹈　然后立在谷堆上

当这些种子消失之后
这一场景犹在
这个词犹在　含有母亲煮新米饭的清香。

而失落和惆怅

在故乡的袅袅炊烟里飘着

2021.6.5

这只瓜

一株瓜藤伸进青草丛里
无人注意。
它在隐藏中悄然生长

毛茸茸的自然伸展的思维
枝叶旁逸斜出　结实鲜亮如珠
寂寞是绿色的。

寂寞磨钝了布谷鸟的叫声
每个过程及惊喜都是耐心的等待
河边一块被水流磨圆的岩石。

唯一可信赖的
是这只自然熟的瓜
它冷漠而骄傲地看着这片瓜地

2021.6.10

蒲扇

蒲草冷冷绿剑似的叶片
裹有一层又一层的光
一层又一层的黑暗
如海。

夏晚纳凉 我面对蒲塘坐着
夜色比虚构还宽
如进入秘境 不是幻觉。
手中蒲扇扇着
所有蒲草仿佛都随着摇摆
一波一波袭来的
不仅仅是凉风。它抵达我的内心
这时像有人握着我手中扇柄
不知道谁在制造这样的错觉?

回忆起来我颇震惊

蒲草在疯长中是咋样黑暗涌动
又是咋样经受烈日的照射与吞噬

2021.6.8

蝉与绿荫

夏日路边那株槐树枝叶繁盛
蝉也来枝头凑热闹
槐树待蝉如宾 闹中取静
留下一片凉凉的阴影。
我割好一捆草 就坐在树荫下
与蝉对视　蝉只顾守着绿荫
蝉一叫有米粒似的花瓣落下
洋槐花幽香飘得很远

这株槐树被砍之后
犹听到枝头那只蝉的哀鸣
时已秋天　斜阳在荒草上抖动了几下
蝉　病翼惊秋。

2021.6.2

六月蛙鸣

跳跃　迟钝的想象
节奏与庄稼拔节合拍
鸣叫 出自泥土很深处
或榆树皮上一道豁口

六月蛙鸣无意说丰年
只是水稻扬花
诱发了蛙们的荷尔蒙
一个个激情亢奋把气运足
上演数十个狂欢的夜晚

2021.11.14

流逝

我发现水涯芦苇
静静地倾向河流

春夏的太阳照着
芦苇齐刷刷地伸长臂膀
绿森森的一片哟
被大风推送着
与河流激情地舞蹈。
河水掀起重重浪头
可曾看见
风浪中绿色纷纷脱落
岸上的人一头芦花

留下枯枝残叶
却也挺直腰杆
立在残阳里。

2019.10.13

空宅

青草爬上墙头
鸡鸣嘹亮
只有黄芦苦竹竖起耳朵

风执意要驱尽屋内晦气
没完没了地刮着
留下黄泥巴裸露。
门口那棵老槐树
也落得一身清净
正默默修行成真身

那口井犹在
贴近它
能听到什么？

2016.1.1，25

母亲的鞋

母亲下地累倒了。
床边搁着磨损了的鞋
那黑洞洞的敞口里似有回响
鞋仍在暮色的田埂上行走

母亲步履沉缓
脚印里有辛酸也有喜悦
而这与鞋无关。
她干活时从来不朝鞋看
只有回到屋里才拍打两下
鞋帮仍沾着泥土。
现在母亲意识模糊
也许只惦念没干完的活

母亲亲手纺布纳的鞋
也纳入和棉花的絮语
母亲的鞋归宿大地。

2015.12.19，2016.1.25

灶锅

茅屋升不起炊烟
小儿围着灶台转
脚尖踮起饥饿的眼睛。
锅底朝天 板着
铁青冰冷的脸

其实锅不用时就成了一块铁
冷不防也会硌着我的梦

2015.12.18

沉默的锹

1958年某日。这把锹
挖了李四家桑林
刨了王二家祖坟
填了三婶家池塘
然后洗得干干净净
倚着墙打盹
像什么事也没干过。

父亲用烟袋锅敲了一下
它纹丝不动
刀锋贴着泥土

2015.12.25，2016.1.25

柳牛

老牛沉缓的步子
总是把犁田的号子拉长
其实牛也没说什么
农人和牛有一种默契。
牛号子在低空飘得很远
下面是弯曲的小河

微风细雨燕子斜
陌头杨柳依依
草叶摇摆着亲近牛。
这时候牛也绅士
不慌不忙 挨个儿温存地啃。
吃饱了肚子的牛
抬起头哞哞叫了两声
那片青草又疯长起来
牛也立成一株柳

那年东风劲吹
把鸡毛吹上了天
把风雨都拉直了
牛走投无路
几天不吃不喝
他常含在眼里的那滴泪
终于在离去时掉落下来。

2015.12.27，2016.1.13

河上图

王五驯养了几只鸬鹚
一辈子出没在这条河上。
王五死了以后
那只小渔舟搁弃在河滩。

苇丛中的鸬鹚很安闲
破船板上也有它们屙的屎
拴足的铁环已锈蚀
但残阳依旧。

2015.12.28

消失的风车

必须天很蓝 河水很清
风吹那个风车吱呀呀地转。
必须赤脚淌水
双手接住白哗哗的水流
让晶莹的水珠洒满一脸
甜甜地沾在唇边。
然后坐在田头
倾听地皮走水的声音

六月的太阳晒着
布谷鸟叫着
穗头嗤溜溜地灌浆。
稻田里蒸发出来的气味
像打破了一坛陈年老酒
头顶那片白云醉得要落下来。

我梦里依稀见到

父亲嘴唇干裂而焦灼

2015.12.29，2016.1.13

拾穗者

小南风吹着
麦苗一浪高过一浪
女孩在田埂上兴奋地追逐着。
麦子抽穗的时候
那锋芒 女孩不敢触摸
又心怀敬畏
它们像大侠手里的剑
麦田空旷

割落在地的麦穗
瑟缩地躺着。
自从女孩成了拾穗者
不忍再看风吹麦浪

2016.1.4，25

拉二胡的盲孩

双目拒绝入世。
耳朵 每天回归
故乡的鸟巢。
二胡是耳朵的链接
那根弦很脆弱
悲喜常常在原地打转。
后来被大风裹走
落叶纷纷以后雪花飘飘
弦断音止。另一扇门打开
一片空白
时间擦去泪痕

2015.12.12

陶埙

陶埙拙朴如蛋
人之初的一张脸。
吹奏如一股风飘入孔穴
整个黄土高原都颤动起来

风起于水
音乐低徊于木石渊鱼之间。
那牵动芸芸众生的
像是一颗受沙粒磨砺的水珠
还原于泪。
石头也有柔软的一面
枯竭的芦花雪亮
雪亮的芦花满世界飘荡
然后又跌入深渊

陶内漆黑如同虚空

水在陶壁上攀援
吹埙的人嘴唇焦灼
那只掘火的手颤抖着

源
神秘宁静。

2021.7.26，2022.1.7

铜钥匙

铜何时变得这么精明绝顶
几乎掌管着整个世界

而我看见遗落的钥匙
寂寞地躺在荒草里
这个最廉价的大管家
终于不再握在别人手里
逃离了人类的裤扣

这块被精工打磨了的铜具
已经锈蚀 或许是一种剥离
锈斑是回忆起的劣迹
那磨损了的齿口
自嘲或有难言之隐
表情已由迟钝梗死

我只看见一把废弃的钥匙

夕阳下呈现黄铜幽暗的光泽

2015.12.16

铁链

冷漠是铁的表情。
铁铸成锁链以后
那环环紧扣的冷酷逻辑
碾压了表情 冷漠变得僵硬。
铁链使用或闲置都是安睡的
模样　怀着古老的梦
而被拴住的人或物
无声地叫喊 灵魂挣扎着
像鸟一样要飞出笼子
但云朵悬挂空中 没有梦
一夜之间青春容颜凋谢
心亦如枯木。

铁也有故乡
只是再也回不到泥土。

它生活在带扣的梦里

或成了一条僵而不死的蛇

2022.2.

写于丰县“铁链女”事件之后

读米勒油画《拾穗者》

金黄已被打包运走
农妇仍守在地里
微风中寻觅她们遗落的歌

一个农妇直起腰来
抬头看什么呢？
天空布满刺目的阳光
被损伤的脑袋又垂了下来

谁不虔诚地躬身大地
幸福地领取每一粒赐予
背负一片苍茫

2008.11.28

落叶

深秋树叶黄了
一阵风起 落叶纷纷
它们在水泥地上
寻找不到归宿
拥挤着滞留在路边。

有几片黄叶
飘落在公共汽车的顶棚上
它们无意搭车寻找
一片流水。但车一开
还是被风卷到地面。
夜里所有落叶都被清洁工
堆积在一起当垃圾运走

街景压在脸上

沉重。我仿佛听到
眼睛碎裂的声音

2021.7.4

潇湘馆

黛玉喜爱那一片竹子
于是在潇湘馆住了下来。
她心境阴郁
屋内竹影几罩生凉
廊下鹦鹉长叹一声
大似她那吁嗟音韵。

黛玉走后。
那一片竹子依然绿着
廊下鹦鹉依然学舌
偶尔冒出一句《葬花吟》的诗
但已丢尽悲情

2021.9.15 改旧稿

小镇旅游

一

白石桥那道弧
沉入幽幽水底
时而被琵琶丝弦拨响。
还是那只小蓬船
把橹的是第几代村妇
从河中打捞的吴歌
谁家船头挂着一串串
无家可归的鱼干。
芦苇中间伸出一只手
把摘来的星星投入水底

二

商店打烊收敛起欲望
物们不再卖笑 开始打盹。

老街显露长长的迷蒙
广场上道具张开干裂的唇
静候甘露降临。
池塘里几朵睡莲
映着冰凉月色

2018.9.23 改旧稿

童年茅屋

多想回到童年茅屋
安静地睡上一觉
桃树上麻雀窥檐不语。
野蔷薇傻傻绿进窗来
碰响月光比音乐更美妙
云淡风轻近午时
望花随柳走过门前小河
或者坐上小木船
伸手撩起清悠悠的水流。

可是回到故地差点儿绊倒
养鱼户的界牌盯上我
笑问客从何处来?

2021.5.13

宿命：柿子树下

深山沟里的野柿子
是季候的阳光雨露酿熟的。
那鲜亮的寂寞红
那鼓胀的汁液
大画家都模仿不了。

熟透的柿子从树上掉落下来
与风无关。
那时我坐在树下发呆
只觉得脸被触摸了一下
倏忽之间
柿子落在地上碎了。

这样的惊喜或机会
我知道自己不会抓住。
鼻尖沾上点儿汁液

至今仍可嗅到那股醇香

2021.11.1

身体

天未亮窗外树丛里的鸟
叽叽喳喳地叫了
我也醒了。若早醒也躺着
等候鸟鸣。
鸟栖息在我的睡眠里

雨后散步嗅到一股幽香
栀子花向我探出头来
如美人。只有身体
清楚自己爱恋的深度。

某些时候仰面苍木高山
环抱双臂深呼吸
我弯曲的躯体舒展伸直
感觉有一股气进入体内。
萦迴升腾 疏通血脉

天地间游荡的阴阳之气
恍若神秘地模铸我的躯体

2021.7.18，2022.1.3

老年

老年人皮肤皱折
目光暗淡甚于忧伤
像一株枯木守着寂静。
时光刀子般啃噬自己
枝梢痛苦地抖瑟
脸上却安详地微笑。
失去肤痛的树干
还有如桎如刺的捆绑
只想在被死神带走之前
解除捆绑 在静寂中
真实地触摸一次自己
那些未开的花朵 已经枯萎。
谁曾目睹过枯木的光芒
随着夕阳的余辉缓缓消失？

2021.11.30

金龟

镀金镶银 供奉于庙堂之上。

其实乌龟活着是个蠢物

本性愚顽

只是尸骨登入高堂

魂已归故里

“我是拖着尾巴在泥塘里爬的

一只龟。”

2019.10.15 删减

鱼快乐吗

两个少年看河里鱼儿戏水
一个说鱼很快乐
另一个说你不是鱼
怎么知道鱼快乐呢?

而今两个老友又走在河边
看见鱼悠哉悠哉地游
另一个羡慕起鱼的快乐
一个反唇相讥:
你不是鱼,怎知道鱼快乐呢?

2015.12.25,2016.1.23

附　录

在西部大地和天空的感召下，姜耕玉心灵所受到的洗礼和启悟，使他的诗逐渐溶入一种宽宏的气度。他追求一种宁静的氛围，但是并不忽视严酷的存在。

——叶橹

重回空间：诗人的魅之藏境或灵魂之旅

——姜耕玉长诗《魅或蓝》解读

孙绍振　孙　曙

姜耕玉的长诗《魅或蓝》（《中国诗歌》2017年第7期），以恢弘的空间建构与深刻的内省体验，抒写了一次精神历险与灵魂之旅，同时也是一次彰显汉语诗性的探索，成为本年度诗坛的重要收获。洛夫先生认为此诗："气势庞沛，内在结构十分绵密，而且把西藏神秘的面纱幻化为神奇的意象，这可能是近年写西藏的佳构之一。"

就文学生产而言，汉诗与华文文学的革命性浪潮已经消歇，先锋性已经沉落，意识形态与消费社会联手，成功地拆除了可能发生文学革命的引信。文学场域已不能形成整体性的潮流势能，也谈不上什么整体观下的整合集聚，诗歌创作越来越崩散为个体，一方面诗歌创作的轻易带来个体的庸常与惯习、自得自喜，诗歌越来越深地陷入日常的零碎的经验，另一方面，诗歌的成功也只有依赖个体诗人创作的进展，依赖个体的灵光。在《魅或蓝》中，我们既看到个体的心灵历程，又能看到指向整体性的精神笼括，看到有终极指向的时代之问。而这一切，都依托于该诗“重回空间”的空间诗学。

《魅与蓝》有意识地“重回空间”，我们又一次看到在楚辞、汉赋、唐诗、新诗潮中涌动的一种诗歌意志，对空间的野心与征服，同时又是基于对历史的反思、对现代性的反思而复魅于空间。诗歌中对广阔、复杂、奇异的地理空间的图摹，是一个时代的精神、欲望与张扬的诗人个体主体性的碰撞，获得地理空间和精神空间的双重广阔性。与之相互塑形的是诗歌文本结构的文本空间的广阔与高峻。也正是语言文本空间、地理自然空间、历史精神空间这三翼，构成了《魅与蓝》的空间诗学书写。康德认为空间是一种观念的实在性，它“是按照固定的规律仿佛从精神的本性产生出的图式，要把外部感知的一切彼此排列起来”。《魅与蓝》正创造了具有丰富底蕴的现代精神空间，是汉诗空间美学发展的最新呈现。

空间即秩序，诗歌语言的秩序就是文本空间，是文本的空间形式。诗是在第一行奠基的。《魅或蓝》第一篇章的第一诗段，是整首诗的序诗。“雪峰，最早升起的光明”，清峻而庄严，是《魅或蓝》的第一句，这一句创生了全篇，创生了世界。“雪峰”——世界的天柱、垂直的支撑、自然的冠冕，也是空间秩序的冠冕。“光明”是启迪者和揭示者，亦是精神之旅的发动机，又暗示着所有精神问题的终结解决，灵魂的内部光线或者说内部视觉也已活动。光，是时间的开始，光既是存在，又凸显存在，让存在有了思之明亮与澄清。雪与光，世界的最初，空间与时间的混沌交融。果然，接着水出现了，“水，不停地从山顶落下”，空间之维垂直打开；“一只黑鸟/从岩石上跌入水流的方向”，空间之维顺着水流周至。“一万年了/冈仁波齐静穆如初”，冰原中藏着自己的时间尺寸，时间维度正式打开，一个诗的藏地就此敞开。长诗共五个篇章，从自然的地理空间来讲，是一部水、石、黄土、草地、湖泊的高原交响乐，也是从五个维度提供个体生命的敞开的可能，完成精神历险与灵魂之旅。第一篇章《黑鸟的叫声来自荒丘背后》，是祭诗。祭鬼湖拉昂错之前，献诗圣湖玛旁雍错。写“圣湖天生丽质”，“如果大音在宁静中/它也会被一粒沙子击破”，意在写鬼湖荒芜，却罩于美丽阴影中，“荒芜是她的城堡/宁静或蓝/停留在小岛寺庙的金色塔尖”。第二篇章《现在如面对另一世界》，“让雅鲁藏布江抹去记忆”，“体验最初的天真和惊喜”。然而，“总有一个人在盯着我”，“原始低谷 我难以接近”。然而，“时间和峡谷的风”推送着“天地间粗犷清澈的声音”。第三篇章《仰望峰巅之静默》，礼赞圣山冈仁波齐，彷徨于宗教与自然之间。玛尼堆，经幡，喇嘛，大佛寺……“冈仁波齐橄榄状冠顶压住太阳”，岩石与雪“酝酿着巨大的白色静默”，“我面对群峰之巅跪下来”。第四篇章《天上草原留住河流》，吟颂藏南草原，追溯生命的河流。“藏南草原浮在水上”，“风吹绿浪追逐着河流”，“一花一天国/一水一世界/那些留在草尖花瓣上的水珠/安静地朝着八个方向/折射清纯脆亮之光”。第五篇章《空空的蓝 蓝蓝的空》，是札达高原黄土之歌，是灵魂的皈依。“这里没有水和岩石/只有一万年以前的黄土”，“札达落日似浑圆的暮钟/黄土敲响回家的钟声”。“让灵魂荒凉之前/要拆除金属支架/当萎缩的根球伸进黄土之前/要召回另一个我的死魂。”整部诗结构谨严，诗歌意象的统一性不是存在于时间关系中的，突破了时间的线性，时间让位于空间，意象的统一性在并置中形成同时性空间关系，这种统一的同时并置的空间关系形成了诗歌的空间形式。这五章既是并置连绵展开，又是围绕着“冈仁波齐”螺旋升落起伏；既以语言的张力、思想的张力、想象的张力，气魄雄健地刻勒出恢弘高迥的藏地，从内在打开其魅异奇特，也在文本结构本身形成了跌宕荦确的文本空间。这种横向的多维度的词语组合的结构，于绵密有序中营造了气势庞沛的诗意空间。

在自然空间的塑造上，《魅与蓝》所深描的藏地，就是一个原初世界，或者说世界的原初。《魅或蓝》，是藏地的魅，是藏地的蓝。藏地在中华文学中的地位日渐隆升，以现代生活的逆向一极成为重要的空间地域和精神资源，成为大众文化消费旅行箱上的标签。在纷纭卓异的书写中，《魅或蓝》依然脱颖而出，书写了一个元素化的空间。雪山、藏地、峡谷、湖错、草原、荒原、土林等，都只是自身，显形它们自然的面貌与意义。在原初空间，诗人遇见物质最原始的形象：水、石、黄土、火，精简到只剩世界元素的形象，一个元素化的诗意空间。“水不停地从山顶落下/与岩石撞击着创世的灵感”，“世界开始就为木石而存在/人类最早依赖木石而直立”，“石块坐在寂寞里”，“在我谦卑的小屋里/没有石头没有火 只有沉默”。加斯东·巴什拉在《空间的诗学》中说，“每个简单的伟大形象都揭示了一种灵魂的状态”,《魅或蓝》中这些伟大的元素形象都是有灵魂的。藏地和诗人都返回到灵魂状态,单纯、超越现象,自然空间因之而与精神空间合一。

《魅或蓝》中的空间,同样显豁地在历史—精神之维上打开。一个旅人的藏境,与其说摆脱不了自身的历史,毋宁说是一次精神的历险。“只觉得几十年的郁结抖落掉了”,这是有着明确经历的历史个体。“我还看见寥廓中黄土先祖的拙相真容”,这是回溯的汉民族的精神源头。“白牦牛垂首 像圣山的封神/愚拙的精神卫士 弯弯的犄角/贴着水草已几个世纪”,这是高原的宗教社会史。“当黏土颜色的手脚回到黏土/当一切都已崩毁之后/古格王朝八百年历史只剩下一座空山/数百个坚硬的砂岩洞穴/承载覆没前都城的所有一切与几千年沉默”,“寂寞都被蒸发了/千年藏险从干裂中露出脸来”,借藏地的历史与自然的现象,隐喻普遍的真理与世相。唯有冈仁波齐一万年都静穆如初,时间也被冻结。时间的风月宝鉴照临,“只是触及时间的手指/野玫瑰成为一堆枯叶和刺/是因为我碰着镜子背面”。历史与历史相互映照,又是在相互取缔,人与人类的效能似乎丧失了。“人如一芥子”,抒情主体踏入虚无,虚无是空间的广阔性带来的恐惧与战栗,“枝叶摇晃一下都令我惊悚”。面向历史,面向虚无,找回本真自我,是《魅或蓝》的精神线索,是《离骚》一样的自我求索。“那些年剪裁机喧嚣着/图纸把大地蒸发殆尽/太阳直射的红外线下/我也成了一块熨伤的土/内心的隐秘和黑暗 如落叶纷纷/有刀剪划过的亮弧”,诗人直面历史,直面自己内心的黑暗。“谁让花木张开眼睑/抬起头来观察我?”,让自己经受审视。《魅或蓝》又是一次自我的剥洋葱,是哪吒的削骨还父。自我撕裂,反噬,切割,涅槃,“两个我在札达高原相逢/紧紧抱在一起放声哭泣”。诗人在真实与虚无之中救赎自己:“从荒芜到空旷/空旷中我渺小 也最完整/我有了婴儿一样的305块骨头/内陆高旋 布满神秘的星座/我不能全部认识自己 任其星座照耀/感觉轻松 自由自在。”乍看是诗人企图在摆脱历史中重新获得意志,获得个体的独立,实际上是在后现代精神的视域里找到了“神性实体”——藏地,坚持与“神性实体”的连接。《魅与蓝》中的精神空间如高原隆升着,内部上升着,垂直性地上升,上升到高原,上升到原初,这种上升又是一种回返,是内心空间在向原初空间、元素空间的回返。这种回返是对现实生活的超越,并且试图在原初空间寻觅到一种超越,超越自我,超越历史形态,进入形而上的哲学境界。

这种超越,就是复魅。曾经祛魅,神坛倾覆,众神沦亡,一切遭到怀疑和审视。在祛魅的启蒙语境里,魅、魅惑的存在就是蒙昧,是人的不自由、被奴役。祛魅,是人的解放,是现代化的前提。但祛魅也带来人在物质生活中的深陷,确如大卫·格里芬在《后现代科学——科学魅力的再现》所说,祛魅也使“宇宙间的目的、价值、理想和可能性都不重要,也没有什么自由、创造性、暂时性或神性。不存在规范甚至真理,一切最终都是毫无意义的”。我们正身处祛魅中没有信仰、没有精神指向的空洞社会,人的物化、扁平化加剧。也正缘此,《魅或蓝》予以复魅。也正是复魅,将诗中的文本空间、自然空间和精神空间统一起来。

复魅，给灵魂以照耀、庇护。“灵魂这一古老的教堂/有时成了风的家 被吹灭了蜡烛/魔鬼大摇大摆地走了进来/水珠是那么脆弱/魔鬼总是歌吟美的破灭/我在草原边缘恍若立于两界之间。”灵魂失却光明，就是人没有灵魂的时候，人跌落在鬼界边缘。藏地之魅一面在于其神秘、陌生、原始，另外一面在于现代化中失魅。大卫·格里芬在《后现代精神》中倡导建构性后现代主义，“不仅希望保留对现代性至关重要的人类自我观念、历史意义和一致真理的积极意义，而且希望挽救神性世界、宇宙含义和附魅的自然这样一些前现代概念的积极意义”。《魅或蓝》就是这种建构性后现代主义最好的诗歌文本，诗中的复魅是以祛魅为基础的，或者说于祛魅中复魅。《魅或蓝》的复魅，是承认人的生命的脆弱与渺小，也承认人的精神灵魂的伟大与永恒，承认人的灵魂对自然的亲在性，而树立对自然的虔诚与敬畏。世界具有它的神秘性，即魅性，所敬畏的神性是永恒与高迥，是世界的原初与本心。“落井者上来后/带着一捧神秘的泉水和被淹没了的真实。”“磨光石块的一面/显露大佛的慈容/另外尘封的两面依然丑陋/沉埋在原始沙土里/空隙间传出天籁之音”，唯有复魅才有天籁之音。

“那个复活了的灵魂/正喊叫着要附身于我的摇篮之上/他看到白云叫水 朝着太阳喊火/想到喜马拉雅的宁静中去/那里有岩石和水”，复魅是一次重新的孕胎而生，是精神的重生。

所以，“恍惚走在时间之上”。行走在时间之上不还是空间的展开吗？这是《魅或蓝》的结束，却是人的又一个开始，一切在空间发生，又构建着空间。

（刊于《文艺报》2017年12月25日，题为《从祛魅到复魅》，有删节；台湾《创世纪诗刊》2018年春季号。）

洛夫先生对长诗《魅或蓝》的评点

大作《魅或蓝》真是魅力无限，不仅气势庞沛，内在结构十分绵密，而且把西藏神秘的面纱幻化为神奇的意象，这可能是近年写西藏的佳构之一。恭喜！

生命的亲近 精神的求索

——走进《冈仁波齐》

赵思运

《冈仁波齐》(组诗)不仅在姜耕玉的诗写历程暨生命路程中刻下深深的印痕，而且也将成为21世纪初年中国具有标志性意义的诗篇之一。

1990年代以来是最容易让人迷失的时代，价值观念多元并存的表象掩饰了人们精神价值的迷乱与虚空。1996年我曾经写下这样的句子："天空和大地之间 生命何其简单/而生命与生命之间 却又有多少晦涩的语言/竖琴响起 却听不清自己的心跳/灯盏亮了 却看不见自己的形貌/在风暴的中心 感到的是死寂/在石头上坐成石头 还是迷失了从坟墓归家的路途。"8年过去了，我们的生存境遇并未见好转，甚至在很多方面愈益堕落，精神的大面积溃败已经变得触目惊心。在这种时代语境下，东南大学教授姜耕玉先生走出繁华的金陵古城，于2004年8月独自漂泊西藏阿里，沿冈底斯山谷跋涉7天，随朝圣者徒步转山56公里，抵达艰险的主峰冈仁波齐山。回到南京以后，他几易其稿，于2004年11月完成组诗《冈仁波齐》。

今天，当读到姜耕玉先生这组诗歌的时候，我那失去色彩的、背景愈益模糊的生命顿时产生一种强烈的诗性敲打。“眩目的”雪光、“清亮滋润的”草泽地、“白色音乐般”的瀑布、“天真的”牦牛、“倏地过冈的”藏羚羊，被放置于“巨岩成沙土”的苍莽世界，深深地攫住了我们的魂魄，那一幅幅剪影般的鲜明意象，充分豁显出了人类所渴望的应然的生命境界。可以说，姜先生的此行及其写作，对他、对我、对我们，都具有灵魂寻根的意义。

诗中多次出现“独自”“静穆”“寂寥”的字样，我们分明感受到诗歌的抒情主人公像一位孤独的哲人，置身于一种自足的世界，完全专注于冈仁波齐山峰的精魂，去感受原初意义的人性存在。开篇的《静穆》犹如一幅剪影，以明暗的鲜明对比，进行意象造型，为全篇奠定了沉思的基调：

峰顶 白色的沉静。

七月的太阳滑下了山。
古寺顶的金属塔尖
渐渐隐入黯淡的蓝
黑暗中明亮起来的河流与白牛
那是在神山的背面。
卓玛拉山口那个转动经筒的人
手背沐着一道雪亮。

四周群峰巨人般肃立

拱卫绝顶升起的眩目之光

《冈仁波齐·静穆》

冈仁波齐山终年积雪的峰顶在阳光照耀下闪耀着奇异的光芒，夺人眼目。这一道“眩目之光”，犹如一把匕首尖锐地刺疼了我们的眼睛，直抵灵魂。面对如此的神奇之光，谁敢轻言自己伟大?! 我们每一个凡人，在它的怀抱里，都是微不足道的尘土。诗人是“行走在冈底斯山的旅人”，这既是一次肉体之旅，更是一次精神和灵魂之旅。

在神奇的大自然面前，我们无言，我们只有屏息，只有用灵魂去体悟。“冈底斯山行人矮小/巨岩成沙土”。“一个涉水的旅人/探步湍流中/言语全部落水/山川依然那么宁静。”在这里，任何语言都是多余的。我们都是那么渺小，我们只有在孤独与静穆中审视自身，摒弃喧嚣与骚动，专注于灵魂之眼，才会找到丢失的自己。这位旅人正是诗人精神的外化。他的肉体太沉重了，所以需要把灵魂释放出去；他所处的生存环境太异化了，所以他需要离弃繁华都市，从而去寻找自由的本真自我。但是这种“自由”的获得谈何容易？身体、欲望、名利、地位、金钱，都成为现代人生命中的不可承受之重，深深地侵蚀了原本的人性，人们的面具层层加厚、加重。很多时候，生存简直就是苟延残喘。所以，这种对本真自我的渴切寻找，不得不通过梦境曲折地宣泄出来：

一个裸身男子的影子
孓立河源。
乌云沉默垂向大地。

（《7 月 22 日沱沱河沉睡之夜》）

真是着一“裸”字，境界全出矣！“茫茫大地真干净”，“雪域草木稀疏地闪灼/牦牛粗壮见天真”。如此洁净的氛围，需全裸方能完全把自己打开，哪里需要什么修饰？“一个自尊自大的旅人/像蝙蝠坦然舒展在大地上穿行。/黑夜停留在他的羽翼”，他的躯壳留在这里，他的灵性则已经羽化而自由奔腾。但是，诗人完全摒弃了传统士大夫那种“我欲乘风归去，又恐琼楼玉宇，高处不胜寒”的自恋情调。他丝毫没有把人类的命运简单化，而是扎根向下，深入到人类的生存之痛：

礁石间没有水流
也不见兽迹
空洞的城堡风的家。
荒原寂火黯淡
苍冥中那个不消失的声音
仿佛是慈母悲伤的呢喃
有时也被母狼似的乌云遮住
被狂风吹断
他们嚎笑时面目狰狞。

……

独自流连玛尼堆。

触摸荒凉的石头

欲与牦牛头骨交谈

我却看见一副无奈的脸

经幡也无奈地飘着

（《冈仁波齐·灯》）

在这里，我们仿佛置身于艾略特笔下的《荒原》，它为我们呈示出了人类精神处境的大荒凉、大孤独、大绝望，从而构成人类悲剧命运的隐喻。也正是在这种大荒凉、大孤独、大绝望之中，诗人的自我担当的勇气才得以彰显，他的忧郁与压抑非但没有走向沉沦，反而以乐观的生存态度，“赤裸裸立于风中引吭高歌/以长发为弦”。虽然“前面是空　后面也是空/所有的路没有终点”，但是，“只有起点”四个字，起到了扭转精神向度的作用，收到了“绝望中诞生”的良好效果，将诗歌内在的向下的力的图式，一下子升腾起来。这种大荒凉、大孤独与大绝望的体验，与其说是一种磨难，毋宁说是自我生命的重新发现与再生之源，这是一盏自我的精神之灯，顽强地飘摇于荒原之上。

人类的担当，最终还是以个体的复活为旨归。在巨大的绝望之中，诗人发现了自己生命中被忽略的东西：“我默默地等待/回到初生时的哭声。/玫瑰花叮叮哨哨地响着/从一开始就这么美妙/而我居然不知道。几十年/像沙坡上樟狼草有雨无雨地绿着/向日葵叮叮当当地响着/我厌倦了。”“我居然不知道”，短短的几个字，意味深长——生命原本就是这么美好，我居然不知道！其中包含诗人在特定的人生经历中的失落感与对社会历史的反思，这种自我生命的觉悟，也是一代人的觉悟，具有普遍的人的存在价值。诗中没有直接写现实，但诗的现实批判精神一直隐寓其间。诗人回到了生命的原初，也即找到了本真的自己，因此感到“我的嘴唇焦灼”，是现实的生存状态，也是生命的渴望。“那高悬的孤独而刚强的水滴/像一颗寒星呈现于天上”，表达诗人对现时困境中生命的清醒与坚守的执着。诗并不停留在一般的生命意义上，而有对人类的假与恶的鞭笞，对善与爱的追问：“黑暗中谁的生命在飞翔?”这种质问不正是哈姆莱特式的自我反思吗？他在上下求索，用生命奏响“那高悬的孤独而刚强的水滴”。

这种上下求索的自我寻找，使得诗人之躯成为天地之间的载体——从大地飞翔到山峰与天空，承载着天空的光芒和山峰的圣雪，从而辐射向大地：

带着童贞的震颤 带着最初太阳的光芒。
清亮滋润的草泽地
我匍匐 吮吸 我哞哞叫
我痴痴临风坐。
从峰顶落下的白色的音乐
从我的头顶飘向恒河

（《冈仁波齐·我的鞋还丢在拉曲河谷》）

诗中自始至终贯穿着的向上与向下的两种力的图式，在诗人之躯这一载体上获得了统一。诗人海子因为向上与向下两种力的图式无法均衡起来，而走向精神的分裂与自戕，而姜耕玉却在诗中很好地获得了统一，从而获得了生命与诗歌的完整。他的再生根植于大地与现世，或者说，他的写作是一种有根的写作，是贴地而行的写作：“只有牦牛静静地低饮/地籁之音滑过它的嘴边”，诗人与大自然融为一体：“我匍匐 吮吸我哞哞叫”。在这里，诗人的记忆——作为一个真正的人的记忆——才真正打开，真正获得了言说的能力，“记忆鲜草般复活”，在蓝天歌声的抚慰下，“我的伤口轻柔似云朵”。不过他的再生不是凌空蹈虚地走向没有人间烟火的天堂，而是具有现世认同的意义，即“大地上芸芸众生幸福安康”（《冈仁波齐·灯》）。他不是遗世独立，而是充满现世关怀：“我走向拉曲河下游唱歌的姑娘/与她身后那群羊”。

通观全诗，冈仁波齐作为诗歌意象的核心，一方面具有自足的性质，内敛而象征，同时它的意义又源源不断地向外挥发氤氲，使得整首诗富有遥深缅邈的沉思性质。以自然为题材的写作自古有之，但是浪漫主义诗人抒写大自然的时候，大多是激情宣泄而思味不足。而后现代的喧嚣又往往把大自然进行扭曲式变形，表达恶谑情感。姜耕玉则专注于意象的营构，一幅幅立体的剪影既精致又粗放地横在我们灵魂的视野。这些剪影在滚滚红尘中的存在本身即已经是奇迹，而诗人对它进行的艺术处理，使之成为象征物，成为人类纯净心灵的载体和客观对应物，从而最大限度地敞亮了灵魂。他说："这次行旅似乎走过了一生，也是一次精神的远征和超越。回城后，每每向西遥望那一片陌生而亲近的天地，总会得到一种心理上的释放和满足。"这种敞亮是指向诗人个体的，但是又指向整个人类的精神世界，是大自然对整个人类精神世界进行净化的结果。冈仁波齐是世界公认的神山，同时被印度教、藏传佛教、西藏原生宗教苯教以及古耆那教认定为世界的中心。总是有数不尽的藏族人，以独有的磕长头方式俯仰于天地之间，向圣地跋涉。他们相信，朝圣是可以用一生的时间去认真对待的神圣之举。甚至可以这样说：超出苦行意义之上的朝圣之旅是将个体生命之旅推向极致的惟一途径。这次行旅，既是诗人姜耕玉自我灵魂的寻找过程，也是对人类精神命脉的一次有效探触。但是，诗人滤掉了冈仁波齐山峰的神的宗教色彩，而把它当作一种自然实体，在对自然的诗性观照中，重新发现人性之圣洁。他不是超脱尘世，而是借自然之洁净对抗现代社会对人类生存与人性的异化。扎西达娃在散文《聆听西藏》中说："西藏人对于悲剧的意义远不是从日常生活而是从神秘莫测的大自然中感悟出来的。"而姜耕玉则是在日常生存中深深地感悟出人性异化的悲剧之后，又将视野投注到西藏的大自然，以期寻找我们的灵魂去蔽的路径。当我们环视四周，下半身的欲望膨胀与垃圾诗的纵横驰骋，使得诗坛屎粪遍野，体液四溅，我们不得不深深地慨叹：灵魂被眼睛奸污得苦！当解构与颠覆成为肤浅的艺术潮流和伪先锋的时候，《冈仁波齐》所呈现的清洁精神，使之成为追求深度写作的典范，确有匡正诗风之作用！《冈仁波齐》作为21世纪初年中国诗坛具有标志性意义的诗篇之一，具有精神生态和艺术生态的双重启示意义。

诗人在另外一首诗里写道："当一群藏羚羊倏地过冈/整个大地都灵动起来/从高处落下的水把西藏高原敲响。"（《西藏以西》）而我们在品读《冈仁波齐》时，怎能不感受到这组诗歌也像一滴高处落下的水，敲响我们灵魂的高原呢？这种敲击是如此地震耳发聩，足以抵达我们灵魂旷野的每一个角落。在以金钱名利为背景、以高度技术化为手段的灵魂幕布上，当人性变得越来越灰色、越来越异化时，我们多么需要藉助这种敲打来保持健康的元色！

（刊于《名作欣赏》2010年8月下旬刊）

诗路迢遥 他在跋涉中

——对姜耕玉诗歌的一种观察

叶　橹

一个有自觉的艺术追求的诗人，在他的潜意识里，恐怕一直是对既往的创作实绩不断地进行审视的人。姜耕玉写诗已三十多年，但是我发现，在最近几年里，他的诗歌创作似乎正发生着一种潜在的变化。

作为一个长期地写抒情诗的人，他的抒情方式不仅是体现其内心感悟和感受的一种生存方式，也是我们观察和审视他的心态和心理结构的一个可靠的视角。姜耕玉在上个世纪90年代以前写的诗，或许在表达和表现他的一些内心感悟和感受上具备某种优点，但是从总体上说，似乎难以摆脱那种"公众化"的潜在艺术要求。所以如同众多诗人那样，他的一些诗难以给人留下独特鲜明的印象。然而进入上世纪90年代以后，姜耕玉似乎日渐进入了一种诗的觉醒状态。这种诗的觉醒状态，也可以说就是对生命的觉醒的状态。当一些人一味鼓吹"大我"之际，诗人失却的恰恰是对个体生命的关照。而诗人对个体生命的漠不关心，恰恰成为假大空的诗语方式的温床。当姜耕玉意识到这种诗语方式的危害性时，他便毅然地选择了对自身个体生命的深入关注。正是由于这种深入关注，才为他此后的诗歌创作开辟出新的道路和广阔天地。

我注意到他新近出版的诗集《雪亮的风》中，收入了一首写于1977年、修改于1994年的短诗《蜘蛛》：

> 遁入孤寂 / 牵动古木的年轮 / 一圈又一圈 / 一夜走过老木千年的旅程 / 默默　又默默 / 刚要织成完美的圆 / 又被一阵清风吹破 / 残缺的部分 / 更引来 / 一群飞翔的五色鸟

我没有读到修改前的原诗，但是从作者在写成近20年后又修改它，至少说明它是一首被注入了新的理念的诗。我从这首诗中窥视到姜耕玉一种诗思的动向。他似乎对某些现实中潜在的变化着的人和物，有一种独特的观察和审视。在精神的层面上，它也许不很为人注目，但是却蕴含着发人深思的东西。“一夜”与“千年”之间的巨大反差，“完美”与“残缺”之间的瞬间呈现，带给读者的阅读体验，究竟是一种“障碍”还是一次“经验”，这恐怕得由读者来回答了。不过，我却从这种诗的呈现方式中体察到姜耕玉某些“玄思”的诗趣和寄托。也许正是这种阅读体验，促使我进一步细心地探索他近些年诗歌创作中的变化和进展。

如果说像《蜘蛛》这样的诗，呈现的是一种“无我”的客观陈述，那么，在写于2004年的《与鸟对弈》中，则是一种“有我”

的直接表现：

> 寂寞桥上立着一只鸟。/我不敢走近它/盯住它　站在四米之外/鸟又向我靠近了一米。/又从河谷飞来一只鸟/两只鸟亲昵着比翼而立/我的目光被弹了回来。//仿佛下起小雨/我用伞撑起一片孤独。/桥下湍流无情/没留下我与鸟的影子

这首诗在表现人和鸟的“对弈”时，以直接参与的方式呈现了“亲昵”与隔膜的并存于现实的状态。那被“弹了回来”的“目光”和“伞撑起”的“一片孤独”，其实是“物以类聚，人以群分”的现实写照。然而在姜耕玉的诗性关照之下，却是现出别具意味的艺术内涵。这也许正是诗性区别于物性的地方罢。

对姜耕玉上面两首短诗的切入方式，只是在于说明，诗人无论是以“无我”或“有我”的方式表现出他的诗性观察和审视，总之是离不开主体精神和意识渗透的。以我对姜耕玉诗歌的阅读感受而言，他的主体精神和意识的深入程度，直接决定了他的诗的品位。作为一个长期生活在江苏大地的诗人，他的诗笔自然会触及这一片土地上的风风雨雨。无论是讴歌抑或鞭笞，自然都会有令他热血沸腾或刻骨铭心的人和事。但是，也许是因为久居故地的缘故，对他所熟悉的一切，反而缺少了新鲜锐敏的感受。但是当他一旦涉足西部时，诗的灵感的新鲜锐敏之气却油然而生。这使我对他一些写西部的诗

篇刮目相看。

1999年也许是他最初涉足西部广袤的天空和土地的日子。出于新鲜感,他写下了像《天堂》《真实》一类的诗。“这里牛很多/人很少/天地很大/人很小”;“高坡上牦牛顶着天/却一点也不英雄”,“最高的那头像是踮起脚尖/欲与云彩接吻”。诸如此类的现场即兴的诗句很自然地流泻出来,这正是诗人的直觉所赋予的美感。但是如果姜耕玉只是停留在这种观赏式的自然风物之中,他将很难在诗歌创作上有新突破。所幸的是,随着对西部自然风光的观赏和赞叹,他似乎了悟到生命对大自然的体察和深入,必须是以激发和审视人的生命意识为前提的。不能说姜耕玉此前的诗缺少生命意识,但那种生命意识在很大程度上是以“公众性”为依托的,遮蔽了诗人个性的张扬与发挥。姜耕玉的西部诗,以生命的亲近和深入的感受和体验,真正拥有和开拓了自己的世界,获得了一些独到的深层次的顿悟。

在面对西部大地与天空之际,诗人心灵最初的颤动也许就是一种被洗礼的纯洁感受。所以他在《倾诉》中听见了“沙粒们唧唧哝哝/诉我磨砺之痛”,感受到“一切言语消失了/似有一个声音在扩张/无边无际无始无终”。这种全新的感受自然是深入体察的获得。人在喧嚣的城市长期生活,固然享受到物质文明的成果,但复杂的人际关系和物欲横流的现象,总是使诗性受到玷污和亵渎,有良知的诗人难免感受到内心和精神的压抑。所以一旦面对荒凉广漠的西部大地和天空,反而滋生出诗性的联想和意象。有一些意象的产生和突现,甚

至也是同长期的生活经验和积累分不开的。在《魔鬼城的嚎叫》一诗中,我们得到了以下诗句:

一声声狂嚎一声声凛冽
一声声苍白一声声漆黑。
饮泪于粗野
泣血于尖厉
肆虐中有快感
孤寂里藏霹雳。
八百里大荒走魔鬼
八百种不幸唱大戏。

这种于无声处听有声的写法,自然不是凭空而生的幻景幻象,而是在生活经验和积累中提炼出来的“象”与“境”。由此也可以证明,即使是在荒凉的大漠中,诗兴的联想和意象的产生,也总是同诗人的生活经验与积累息息相关。

西部的大自然景观在姜耕玉内心里所激起的情思和玄思,不仅是一次对自己内心世界的审视和洗礼,它似乎更加启发了人们对世界的一种新的观察的视角。在《停车在雨夜的荒原》这首诗中,背景的荒凉并不能够遮蔽生活的纯正与温暖。那“风中的雨线”显然“每一滴都带有野性却透明而柔软”,看起来似乎“对我们很冷漠”,但是,诗人却本真而诚挚地写道:

我是个过客
受臻美的雨线的鞭笞 多么好
当同车女士递来毛巾
我才感到有点冷。

诗人在这里想表达的其实是一种“暖”的感受，却出之以一个“冷”字，这正是对“鞭笞”一词的绝妙注释。人生中有许多不能承受之“冷”，却往往在扭曲的形态下处之泰然，而一旦为真正的“暖”所照亮，那种刻骨的“冷”才是最为令人震颤的。姜耕玉在一个荒原之夜为雨所鞭笞而感受到的“臻美”，却因“女士递来毛巾”而“感到有点冷”，这种诗意的感受也许并无什么深文大意，但是作为读者由此产生的联想，又未必是对诗的文本的寓意的歪曲吧。

在长诗《冈仁波齐》中，我们读出了姜耕玉在沉醉于“静穆”状态的“神山”背景下的诗性领悟。诗的“行走在冈底斯山的旅人”一节，可以说是他对一种超然于世的境界的彻悟。“一只大鸟盘旋而上/天边总露着笑容”；“雪域草木稀疏地闪灼/牦牛粗壮见天真”；“一个涉水的旅人/探步湍流中/言语全部落水/山川依然那么宁静”。这样一些对大自然景观的如画逼真的诗性语言，透露出诗人在融入这种境界时对生命与存在之间的和谐体验。似乎只有在这种境界之中，人们才能寻求到最本真、最融洽的人际关系：

这些布满大地的石头/收敛起一捆捆痛苦。/一枚橄榄

> 高悬天地间 / 转山转不成转经筒 / 我跟着喇嘛 / 喇嘛跟着老外 / 老外跟着藏民与牛。/ 一位欧洲女子醉于挺拔的瀑布之下。/ 一位尼泊尔人仰面啜饮高寒的太阳。/ 整个山野成了一对男女相爱的世界。/ 一个光头青年把自己寄存在乱石的荒芜中。

这种近乎“自然主义”的描述,其实寄托着最本真的人性的回归,颇有一点“世界大同”的味道。人们正是在这种本真的状态里排除了一切政治的、意识形态的偏见,进而达到了真正的融洽。岂不是最理想的人与人之间的正常关系么?

在西部大地和天空的感召下,姜耕玉心灵所受到的洗礼和启悟,使他的诗逐渐溶入一种宽宏的气度。他追求一种宁静的氛围,但是并不忽视严酷的存在。因此,“冈仁波齐”即是精神皈依的圣地,但又不时地显露出某种“面目狰狞”的原生状态。然而这正是一切真实的生活画面。

对于姜耕玉来说,西部的大地和天空所赋予他的最为宝贵的东西,也许是使他此后在审视人生和自身生命存在时,增加了一种精神参与物。在烦嚣的尘世里,在物欲横流的你争我夺中,想一想“冈仁波齐”或者他在《沙》一诗中写到的:

> 大漠空旷
> 一切声音消逝在远方

这样,许许多多猥琐卑微的欲望将难以疯狂滋长。

我在阅读《雪亮的风》这本诗集时，不时地把目光移向一些诗篇写作的日期，试图从中窥探到姜耕玉在不同年代中写下这些诗的变化轨迹。诚然，诗人创作上的某种变化，不能够以“孤证”作为依据来妄下论断。但是作为一种倾向性，应该是在众多诗篇中有所表现的。我注意到姜耕玉在今年的创作中，正在力图把从西部大地和天空中受到的洗礼和启悟，融入到诗的内涵与境界中。回到繁华的都市，满目的五光十色和高楼林立，会不会使诗人眼光迷乱，这将是对他的一种考验。从《第十八层楼有一株仙人掌》这样的诗中，我们不难读出它的寓意和寄托。所谓“从沙漠走上高处/仅根系一撮土/依然锋芒如故”，固然表达了某种理想化的生存姿态，但是我们也不难看出“走不出钢筋混凝土”的苦闷。诗人能够自我安慰的，也只能是“总有人去楼空时/静寂中享受寥廓”这类冷寂中的逃离。

诗人的现实生存状态是一种处于不断受到精神冲击的限域之内的，所以我更愿意把姜耕玉所写的西部诗歌看成是他精神历程上的一次“爬坡”。作为在诗路上跋涉的诗人，不可能仅仅因为短暂的生活环境的改变就从此“立地成佛”。西部的土地和天空也许赋予了姜耕玉创作上的一次契机，但一个人对生命意识的体察和认识，并不是那么直线式的上升的。他曾经在《望江楼七唱》中的“江歌”一节中不无感慨地写道：“一江浊流/黄皮肤的歌。/清不了 污不了/否则不是我”，这种感悟，其实是非常现实也是相当深刻的。我非常认同诗人坦诚地表达和表现自己的内心的真实感受，这些感受即使不那么崇高，不那么伟大，但它却是真实的。在《赤子之痛》里，姜耕玉以“和昌耀先生”而表达的“赤子注定要痛苦”的观念，领悟到“爱或受虐都是一种支付/而有创痛才会孕得珍珠”，无疑是道出了诗人创作的真谛。

正是基于这种认识，我在阅读姜耕玉的《雪亮的风》诗集时，颇为细心地解读了他的一些诗篇。这些诗的创作轨迹的变化，使我产生了一种认同感。我以为姜耕玉虽已年过知命，但诗思依然活跃，依然跋涉在迢遥之中。愿能读到他更为精彩的诗篇。

2006.11.18 于扬州

说明：已有文章评论姜耕玉的西部诗歌，本文回避评过的诗及观点，难免有简略之处。

（刊于《中国诗人》2008 年第 4 卷）